Tucholsky

Wir saßen auf der Wolke
und ließen die Beine baumeln

Nachher

Kurt Tucholsky

Wir saßen auf der Wolke und ließen die Beine baumeln

Nachher

Mit einem Nachwort von Ute Maack
und Illustrationen von Hannah Kolling

RECLAM

2020 Philipp Reclam jun. Verlag GmbH,
Siemensstraße 32, 71254 Ditzingen
Umschlagabbildung: Hannah Kolling, Kuzin & Kolling,
Büro für Gestaltung
Druck und buchbinderische Verarbeitung:
CPI books GmbH, Birkstraße 10, 25917 Leck
Printed in Germany 2020
RECLAM ist eine eingetragene Marke der
Philipp Reclam jun. GmbH & Co. KG, Stuttgart
ISBN 978-3-15-011312-7

Auch als E-Book erhältlich

www.reclam.de

WIR SCHAUKELTEN UNS AUF DEN WELLEN – kurze und lange umhauchten uns, die Sendestationen der Planetenkugeln versorgten uns damit, uns, im jenseitigen Herrenbad. Aus den Familienkabinen drang leises Kreischen.

»Welches war eigentlich Ihr schlimmster Eindruck hier bei uns?«, fragte er. Ich sagte:

»Der erste Tag im Empfangssaal – das war grässlich. Daran mag ich gar nicht zurückdenken. Grässlich war das.«

»Warum?«, fragte er. Ich sagte: »Zweiundsiebzig Jahre auf der Erde, das bedeutet: neunundsechzig Jahre lang gelogen, Empfindungen versteckt, geheuchelt; gegrinst, statt zu beißen; geschimpft, wo man geliebt hat … Manchmal dämmert eine Ahnung auf, das vielleicht lieber doch zu unterlassen. ›Gewissen‹ sagen die Kultusbeamten. Es ist aber nur das matte Versickern

5

des Gefühls, dass die, die vor uns gestorben sind, uns durchschauen, von oben her. Denken Sie doch: die ganze Lüge offenbar! Wenn ich das gewusst hätte! Ich kam in den Empfangssaal« – aber jetzt schienen sie drüben im Familienbad geradezu auf den Köpfen zu gehen –, »und ich glaubte vor Scham in die Erde sinken zu müssen. Es war aber keine da. Schrecklich – nie in meinem ganzen Leben habe ich mich so geschämt, so schrecklich geschämt. Und das Allerschlimmste war: sie sahen mich nur an. Sie sahen mich alle nur an. Niemand kam auf die peinlichen Dinge zurück – aber ich wusste das doch, dass sie alles wussten! Ich war klein wie eine Maus – so jämmerlich. Ich würde nie mehr lügen.«

»Der alte Mann«, sagte er, »der das arrangiert, hätte diese Zeremonie des Empfangssaals vorher legen sollen, vor unser Leben. Vielleicht …«

»Ja«, sagte ich.

»Aber dann wäre es nicht so schön gewesen«, sagte er.

»Nein«, sagte ich.

Jetzt kam eine große Welle, eine von den langen, starken, und warf uns mit den Beinen aneinander, dass wir lachen mussten.

WIR SASSEN AUF DER WOLKE UND LIESSEN DIE BEINE BAUMELN.

»Am liebsten«, sagte ich zu ihm, »waren mir zeitlebens die Betriebe, die ein wenig verfault waren. Da arbeitete ich so gern. Der Chef schon etwas gaga, wie die Franzosen das nennen, mümmlig, nicht mehr ganz auf dem Trab, vielleicht Alkoholiker; sein Stellvertreter ein gutmütiger Mann, der nicht allzu viel zu sagen hatte. Niemand hatte überhaupt viel zu sagen – der Begriff des Vorgesetzten war eingeschlafen. Auch Vorschriften nahm man nicht so genau – sie waren da, aber sie bedrückten keinen. Diese Läden hatten immer so etwas von Morbidität, es ging zu Ende mit ihnen, ein leiser Verfall. Wissen Sie: man arbeitete, man faulenzte nicht, hatte Beschäftigung – aber es war im großen Ganzen doch nur die Geste der Arbeit. Haben Sie mal in einer Posse eine Choristin die Möbel abpu-

7

scheln sehen? So etwas Ähnliches war es. Schrecklich, wenn der Betrieb etwa aufgefrischt werden sollte, wenn ein neuer Mann kam, der gleich am ersten Tag erklärte: ›Die Schweinerei hört jetzt auf!‹ Wie lange es immer dauerte, bis sich auch der neue eingewöhnt hatte! Denn Verfall steckt an – unweigerlich. Ich bin zweiundsiebzig Jahre alt geworden: mir ist kein Fall bekannt, wo er nicht angesteckt hätte. Ja. Es gab viele Stätten solcher Art. Beim Militär habe ich sie gefunden, in der Industrie; auf dem Lande lagen solche Güter – Operettenbetriebe. Hübsch, da zu arbeiten. Sehr nett. Und immer so eine leise kitzelnde Angst vor dem Ende, denn einmal musste es ja kommen, das Ende – immer konnte es nicht so weitergehen.«

»Nein«, antwortete er, »immer konnte es natürlich nicht so weitergehen. Kommen Sie übrigens heute Nachmittag zum lieben Gott?« – »Wer wird da sein –?«, sagte ich. Er antwortete: »Gandhi, Alfred Polgar, einer von den unbekannten Soldaten und dann irgendein Neuer.«

»Ich mag die Neuen nicht«, sagte ich. »Sie kommen sich so feierlich vor. Wie finden Sie übrigens den lieben Gott?«

»Sehr sympathisch«, sagte er. »Er erinnert ein wenig an das, wovon Sie eben sprachen.« – »Ja«, sagte ich.

Dann ließen wir wieder die Beine baumeln.

WIR STANDEN IN DER LUFT, ein Vergnügen, dessen man nicht satt wird, am Anfang. Es war einsam um uns, einmal hastete ein Geist an uns vorüber, im Frack; vielleicht war er zu einer spiritistischen Sitzung geladen.

»Haben Sie das auch bemerkt«, sagte er, »das mit den sieben Jahren –?«

»Ja«, sagte ich. »Sie meinen, dass es alle sieben Jahre wiederkam, alles miteinander –?«

»Ja«, sagte er. »Alle sieben Jahre. Bei mir war es ziemlich regelmäßig. Bei Ihnen auch? Sie waren länger am Leben als ich. Zweiundsiebzig Jahre …«

»Es war ziemlich lächerlich, auf die Dauer«, sagte ich. »Alle sieben Jahre. So um das sechste Jahr herum fing es immer an, sich zu rühren, ich wusste es schon,

9

wenn es so weit war. Meine Verhältnisse besserten sich, ich bekam Geld in die Finger, im siebenten Jahr war der Höhepunkt. Dann kam langsam der Abstieg. Das Glück versandete, es ging einem so gut, dass es langweilig wurde. Gewöhnlich war es eine Art reibungslosen Dahinlebens, ein Glück, das nur im Negativen bestand: keine Nervenschmerzen, kein Schnupfen, keine Geldsorgen, keine Frauenzimmergeschichten. Ein Glück, das man erst nachher voll erfasste; erst nachher, wenn es vorbei war, begriff man, wie gut es einem gegangen war. Dann wurde der Horizont langsam dunkler, Wolken kamen, man zappelte sich ab, bis man eines Tages wieder drin war im schönsten Tohuwabohu. Und dann fing es wieder von vorne an. Alle sieben Jahre.«

»Ich habe Ihn so oft gefragt«, sagte er, »was denn nun das Ganze zu bedeuten hätte – das mit den ständigen Wiederholungen und den sieben Jahren … Er schweigt.«

Wir nannten nicht gern Seinen Namen. Wir liebten Ihn nicht.

»Und grade sieben …« fing er wieder an.

»Es soll so eine Art heilige Zahl sein«, sagte ich. »Genaues weiß man darüber nicht. Kannten Sie den Doktor Fließ –?«

»Nein«, sagte er.

»Er muss längst hier sein«, sagte ich. »Aber ich habe

ihn noch nie getroffen. Wahrscheinlich rechnet er jetzt die himmlischen Gesetze aus. Aber es ist da etwas daran, mit Wachstum der Pflanze, einer Art männlicher Periode ... etwas sehr Gelehrtes. Zehnmal habe ich das also mitgespielt – etwa neunmal weiß ich davon. Gut, dass die Menschen nicht noch älter werden. Haben Sie sich nie gelangweilt –?«

»Nein. Nie«, sagte er.

»Ich ziemlich«, sagte ich. »Aber wie haben Sie das gemacht? Womit haben Sie sich so intensiv beschäftigt, dass sie sich nicht langweilten –?«

»Mit dem Leben«, sagte er. »Ich hatte reichlich zu tun, zu leben. Die Frage ›Warum?‹ ist dem Ding angeklebt. So dürfen Sie nicht fragen.«

»Ich habe mich gelangweilt«, murmelte ich leise und sah einer dekolletierten Geisterdame nach, die sich besonders schön unheimlich geputzt hatte. »Ich fand es nicht so sehr vergnüglich. Zehn Mal sieben Jahre ... Warum ...? Sagen Sie mir: warum –?

»HABEN SIE SCHWIMMEN GELERNT, damals, als Sie lebten?«, fragte ich ihn. Wir ruderten durch den endlosen Raum, in farblosem Licht, es hatte eigentlich keinen Sinn, sich zu bewegen, weil jeder Maßstab fehlte, wohin die Fahrt ging. Planeten waren nicht zu sehen – sie rollten fern dahin.

»Nein«, sagte er. »Ich kann nicht schwimmen. Ich hatte einen Bruch. Mein Leib hatte einen Bruch.«

»Ich habe es auch nicht gelernt«, sagte ich. »Ich wollte es immer lernen – ich habe drei –, viermal angefangen –; aber dann ist es immer nichts geworden. Nein, Schwimmen nicht. Englisch auch nicht – damit war es ganz dasselbe. Haben Sie alles erreicht, was Sie sich einmal vorgenommen hatten? Ich auch nicht. Und dann, an stillen Abenden, wenn man einmal aufatmen konnte und das ganze Brimborium des täglichen Klapperwerks verrauscht war, dann kamen die nachdenklichen Stunden und die guten Vorsätze. Kannten Sie das –?«

»Wie oft!«, sagte er. »Wie oft!«

»Ja, ich auch …«, sagte ich, »Man nahm sich so vieles vor an solchen Abenden. Da lag denn klar zutage, dass man sich eigentlich, im Grunde genommen, mit einem Haufen Unfug abgab, der keinem Menschen etwas nützte, und sich selbst nützte man damit am allerwenigsten. Diese kindischen Einladungen! Diese vollkommen nutzlosen Zusammenkünfte, auf denen zum hundertsten Male wiedergekäut wurde, was man ja schon wusste, diese ewigen Predigten vor bereits Überzeugten … Das sinnlose Gehaste in der Stadt mit den lächerlichen Besorgungen, die keinem andern Zweck dienten, als dass man am nächsten Tage wieder neue machen konnte … Wie viel Plackerei an jedem einzelnen Ding hing, wie viel Arbeit, wie viel Qual … Der Zweck der Sachen war vollständig vergessen, sie hatten sich selbständig gemacht und beherrschten uns … Und wenn es dann einmal ausnahmsweise ganz still um uns wurde, ganz still, dass man die Stille in den Ohren sausen hörte: dann schwor man sich, ein neues Leben anzufangen.«

»Man glaubt sogar daran«, sagte er wehmütig.

»Und wie man es glaubt!«, fuhr ich eifrig fort. »Man geht ins Bett, ganz voll von dem schönen Vorsatz, nun aber wirklich mit diesem ganzen Unfug aufzuräumen und sich zu leben – sich ganz allein. Und zu lernen. Alles zu lernen, was man versäumt hat, nachzuholen, die alte Faulheit und Willensschwäche zu überwinden. Englisch und Schwimmen und das Ganze … Morgens klingelt dann der Rechtsanwalt an, Tante Jenny und der Geschäftsführer des Vereins, und dann hat es einen wieder. Dann ist es aus.«

»Haben Sie das Leben geführt, das Sie führen wollten?«, fragte er und wartete die Antwort nicht ab. »Natürlich nicht. Sie haben das Leben geführt, das man von Ihnen verlangt hat – stillschweigend, durch Übereinkunft. Sie hätten alle Welt vor den Kopf gestoßen, wenn Sie es nicht getan hätten, Freunde verloren, sich isoliert, als lächerlicher Einsiedler dagestanden. ›Er kapselt sich ein‹, hätte es geheißen. Ein Schimpfwort. Nun, das ist vorbei. Und wenn Sie jetzt zur Welt kämen: wie würden Sie es machen?« Er hielt mit seinen Schwimmbewegungen inne und sah mich gespannt an.

»Genau noch einmal so«, sagte ich. »Genau so.«

»ER IST EIN PEDANT, ein ganz lächerlicher Pedant!«, sagte er.

»Weißt du, wie viel Sternlein stehen …?«, sagte ich. »Gott der Herr hat sie gezählet … «

»Er hat alles gezählet!«, schimpfte er. »Gezählet – das feierliche e, das schon Liliencron nicht leiden konnte, genau so lächerlich wie dieser ganze alte Mann. Alles hat Er gezählt … Haben Sie einmal in unser Lebensbuch hineingesehen –?«

»Es war die größte Überraschung, die ich jemals erlebt – nein, die ich jemals gehabt habe«, sagte ich. »Das ist denn doch die Höhe.«

»Nicht wahr? Aufzuschreiben, wie oft man jede einzelne Handlung begangen hat; es ist ja – geisteskrank ist das, das ist ja … das übersteigt denn doch alles an Greisenhaftigkeit, was je …«

»Sie lästern«, sagte ich. »Sie müssen Ihn nicht lästern, dann kann dieses Buch nicht erscheinen. Gott ist groß.«

»Gott ist …«

»Nicht, nicht. Natürlich ist es lächerlich. Denken Sie sich: ich habe neulich einmal einen ganzen Nachmittag auf der Bibliothek verbracht und meinen Band durchgeblättert. Er ist sehr exakt geführt, das muss man schon sagen. Manches hätte ich nicht für möglich gehalten – summiert sieht es doch anders aus als damals, als man es tat.

Schlüssel gesucht: 393-mal. Zigaretten geraucht: 11 876. Zigarren: 1078. Geflucht: 454-mal. (Bei uns ist erlaubt, zu fluchen – daher kann ich es nicht so gut. Ich bin kein Engländer.) An Bettler gegeben: 205-mal. Nicht viel. Nugat gegessen – ist ein Mensch je auf den Gedanken gekommen, derartiges aufzuschreiben …! Nugat: 3-mal. Ich habe keine Ahnung, was Nugat ist. Die Handschrift des Buchhalters ist aber so ordentlich, dass es schon stimmen wird. Übrigens: die letzten tausend Seiten sind mit einer Buchhaltungsmaschine geschrieben. Man modernisiert sich.«

»Er zählt alles«, grollte er. »Er zählt Verrichtungen, die ein anständiger Mensch …«

»… non sunt turpia«, sagte ich. »Ich habe demnach, sah ich an jenem Nachmittag, recht mäßig gelebt, in Baccho et in Venere … recht mäßig. Ich mag Ihnen die

Zahl nicht nennen – aber es grenzt schon an Heilig-
keit. Jetzt tut es mir eigentlich leid ... Das merkwürdigste ist –«

»Was?«, fragte er.

»Das merkwürdigste ist«, sagte ich, »zu denken,
dass man dies oder jenes zum letzten Mal in seinem
Leben getan hat. Einmal muss es doch das letzte Mal
gewesen sein. Am vierzehnten Februar eines Jahres
hat man zum letzten Mal ein Automobil bestiegen ...
Und man ahnt das natürlich nicht. Finales gibt es ja
doch nur in den Opern. Man steigt ganz gemütlich in
ein Automobil, fährt, steigt aus – und weiß nicht, dass
es das letzte Mal gewesen sein soll. Denn dann kam
vielleicht die Krankheit, die lange Bettlägerigkeit ...

nie wieder ein Automobil. Zum letzten Mal in seinem Leben Sauerkraut gegessen. Zum letzten Mal: telefoniert. Zum letzten Mal: geliebt. Zum letzten Mal: Goethe gelesen. Vielleicht lange Jahre vor dem Tode. Und man weiß es nicht.«

»Aber es ist gut, dass man es nicht weiß«, sagte er; »wie?«

»Vielleicht«, sagte ich. »Man sollte aber bei jeder Verrichtung denken: Tu sie gut. Gib dich ihr ganz hin. Vielleicht ist es das letzte Mal.«

»Aber Er ist doch ein gottverdammter Pedant ...!«, fuhr er auf.

»Nennen Sie nicht Seinen Namen!«, sagte ich. »Er ist ein göttlicher Pedant.«

»WARUM HABEN SIE GELACHT –?«, fragte ich ihn.

Er hatte dagesessen, seine Hand hatte mit den ver-
rosteten Knöpfen einer nicht mehr benutzten Blitz-
kammer gespielt – und plötzlich hatte er gelacht. Es
war ein recht eigentümliches Lachen gewesen, so ein
Schluchzer, Station auf der Reise zwischen Lachen
und Weinen ... »Warum haben Sie gelacht –?«, fragte
ich ihn.

»Ich habe gelacht«, sagte er, »weil ich an da unten
denken musste. An etwas ganz Bestimmtes; es ist
sehr dumm. Wissen Sie, heute ist mein Todestag –
nein, gratulieren Sie mir nicht ... nicht der Rede wert.
Zum fünfzigsten, bester Herr, zum fünfzigsten ...
Und heute vor acht Jahren – wissen Sie, warum Lebende keine Angst vor den Toten haben, die gerade
gestorben sind?«

»Ich kann es mir denken«, sagte ich. »Weil – weil wir ja die erste Zeit gebunden sind, noch nicht hier oben ... nun, Sie kennen das. Es ist, als ob sie es ahnten.«

»Ganz richtig!«, sagte er und ließ die Hand über die Klaviatur spielen; hätte das Werk funktioniert, so wären die Erde, der Mond und einige andere Etablissements in Rauch aufgegangen. »Ja, das ist so. Wir sind nicht sofort disponibel – sie sind vor uns sicher, kurz nachher. Nun gut, und Sie wissen doch auch, was mit unsern Sachen geschieht – – nachher?«

»Natürlich«, sagte ich. »Da wird ein Inventar aufgenommen, da kommen die Erben gelaufen, die Kinder, die unbezahlten Rechnungen ...«

»An das Inventar dachte ich eben«, sagte er. »Das heißt: nicht gerade an das Inventar. Sondern daran, wie sie in unsern Sachen herumstochern. Es ist komisch und rührend zugleich. Kennen Sie das?«

»Nun ...«, sagte ich.

»Es ist nämlich so«, sagte er. »Sie kramen die Schubladen aus, kratzen an den Schrankschlössern herum, packen alles aus und packen es wieder ein ... Und jeder Hosenknopf hat auf einmal eine Bedeutung, jedes Federmesser ist mit Sentimentalität geladen, alte Briefmarken machen ein Kummergesicht und trauern mit ...« Wieder ließ er diesen mittlern Schluchzer hören. »Sie finden alte Kuverts mit Rezepten und

Tabakasche; Chininpillen und fein säuberlich aufbewahrte Theaterprogramme, mit denen wir einmal irgendetwas anfangen wollten, natürlich haben wir es vergessen, und nun liegt dieser ganze Kram in den Fächern – ein Viertel aller menschlichen Habe pflegt ja aus solchem Unfug zu bestehen. Und sie fassen das alles mit zitternden Fingern an, ihre Tränen lassen sie darauf fallen, und während sie Kontenbücher auf- und wieder zuschlagen und an Glasstöpseln riechen, sagen sie: ›Das hat er sich noch aufbewahrt!‹ und: ›Achatsteine hat er immer so gern gehabt!‹ – und auf einmal ist unser Wesen auf tausend Dinge verteilt, es sieht sie an – wir sehen sie an, mit tausend Augen … Alles kommt ihnen wieder zur Erinnerung, wird lebendig … so haben sie uns nie geliebt.«

»Nein«, sagte ich. »So haben sie uns nie geliebt.«

»Woran liegt das?«, fragte er vorsichtig.

»Man muss wohl nicht mehr da sein, um geliebt zu werden«, sagte ich. »Noch nicht oder nicht mehr: man muss wünschen, um zu lieben. Zu unsern Lebzeiten kümmert sich keiner um unsern Nachlass.«

»Aber da ist es ja auch kein Nachlass«, sagte er.

Eine Leitung schien versehentlich noch angeschlossen zu sein – denn nun fuhr ein Blitz aus dem Gehäuse, dass es zischte, und wir machten uns eiligst davon, auf dass er es nicht erführe, der Allwissende.

ER PFIFF – das tat er so selten. »Sie sind sehr vergnügt –?«, fragte ich. »Sie müssen hingehn!«, sagte er. »Sie müssen auf alle Fälle hingehn! Es ist ganz großartig. Ganz großartig ist es!« – »Was?«, fragte ich, »Einweihung eines neuen Planeten? Schlussfest auf einem Trabantenmond? Maskenball in der Milchstraße?« Er wehrte mit einer Handbewegung ab. »Nicht doch!«, sagte er. »Das O hat mir das Erdkino gezeigt! Sie müssen hingehn!«

Wer das O war, wusste ich – aber was war ein Erdkino? Ich fragte ihn. Er nahm einen Meteorstein in die Hand und schickte ihn auf die Reise, nach unten. »Das Erdkino?«, sagte er.

»Das O hat die Erde aufgenommen – nun, das ist nichts Neues. Aber es hat die Bilder aneinandergesetzt, flächig aneinandergepappt, verkleinert, wieder vergrößert, ich bin kein Techniker und habe seine Er-

25

klärung kaum verstanden. Es sagt etwas von Zeitraffer … Es kann die Menschen auf den Filmen löschen – man sieht nur die Sachen.« – »Was für Sachen?«, sagte ich. »Sachen!«, sagte er. »Kleider, Anzüge, Hutnadeln, Schränke, Bücher, Dampfer, Laternen, Papier, Antennen, was Sie wollen. Das sieht man. Nun setzt es sich in den Fabriken zusammen, die Menschen sind nicht zu sehen, verstehen Sie? Es setzt sich allein zusammen, wächst, aus dem Boden, in Werkstätten, in Ateliers, lackiert sich, prangt und spreizt sich in Neuheit … Dann wird es benutzt, die Schranktüren klappen auf und zu, Papier wendet sich, Hutnadeln hängen in der Luft, Bilder leuchten, Anzüge wandeln, drehen sich, liegen über Stühlen … wie sind die Sachen fleißig! Wie dienen sie! Wie sind sie tätig! Wie leben sie mit! Welch ein Leben!« Seine Augen leuchteten. »Und dann?«, fragte ich. »Und dann werden die Sachen müde, immer seltener stülpt sich der Hut auf eine unsichtbare Form, immer wackliger fällt der Vorhang, immer bröckliger klappt die Zauntür … Und dann gibt es einen Ruck, Holz wird zerschlagen – man sieht nicht, von wem –, alte Kissen fliegen durch den Raum, Schnur schnurrt zusammen und rollt sich ab –

und dann sinken die Sachen auf die Erde. Ganz langsam sinken sie nieder, da liegen sie. Und dann werden sie immer unkenntlicher, sie werden wohl zu neuen Klumpen gekocht, zusammengeschweißt, ich verstehe mich nicht so darauf. Und viele werden wieder Erde. Und dann fängt es wieder von vorn an.«

»Und das gibt es da alles zu sehen?«, sagte ich. »Das und noch viel mehr«, stimmte er begeistert zu. »Noch mehr?«, fragte ich. »Was tun denn die Sachen noch?« – »Die Sachen tun nichts!«, sagte er. »Es gibt einen andern Film; da hat das O die Sachen ausgelöscht, man sieht nur die Menschen – und es hat auch einen Teil der Menschen ausgelöscht und nur diejenigen mit der gleichen Betätigung übrig gelassen.« Ich sagte: »Wie das …?« Er sagte:

»Es hat Kontinente fotografiert, auf denen man nur trinkende Menschen sieht. Hören Sie? Nur Trinkende. Geöffnete Münder, gespitzte Lippen, hastige Durstende und abschmeckende Genießende – Todschlaffe über Pfützen und spielende Kinder, die an Tröpfchen saugen, Kinder an der Mutterbrust und heimlich saufende Ammen … Und einmal: nur Lesende. Von allen Graden. Und einmal: nur Rauchende. Und einmal … Ja.«

»Was – und einmal?«, fragte ich.

»Und einmal nur Liebende«, sagte er leise. »Das war nicht schön. Hören Sie: das war ekelhaft. Welch ein

27

Puppenspiel. Was treibt sie? Es ist, als bewegten sie sich nicht, als bewegte es sie. Das sind nicht mehr sie, die dieses Auf und Ab vollführen – das ist ein andres. Sie sehen es tausend und tausendmal beim O – schließlich scheint es eine zeremonielle Förmlichkeit, man möchte rufen: Aber so wechselt doch einmal! Tut doch einmal etwas andres! Nein – das Repertoire ist so klein … Sie nähern sich einander, gehen umeinander herum, lächelnd, und dann immer dasselbe, immer dasselbe … Sagen Sie: Haben wir uns auch so albern benommen, damals?«

»Sie wären sonst nicht hier«, sagte ich.

»Aber das ist ja … ich bitte Sie: so albern. Und immer wieder –?«

»Man muss wohl an das Einmalige glauben«, sagte ich. »Sonst kann man es nicht tun. Sähe man wirklich alles und alle – man könnte wohl nicht bleiben, da unten. Das O soll weiter fotografieren; sie werden es zum Glück nie zu sehen bekommen.«

»Doch. Nachher«, sagte er. Wir schwiegen und schämten uns.

»WIR SPRECHEN IMMER VON DA UNTEN!«, sagte er. »Haben wir eigentlich keine andern Sorgen?« – »Wenn ich mich mit Ihnen unterhalte«, sagte ich, »das ist wie Klatsch. Man plätschert behaglich in dieser dicken Suppe – Sie wissen immer so schön, wie ichs meine … mit jedem kann man das nicht.« – »Danke«, sagte er.

Wir saßen an der Selbstleber-Ecke; von hier war es einigen Verdrehten gelungen, wieder ins Leben zurückzuspringen – ein Verzweiflungsakt, der nur alle paar Jahre einmal vorkam. Ein ungewisses Astrallicht zitterte um uns. Ich fing wieder an.

»Ich muss Sie etwas fragen«, sagte ich. Er nickte zustimmend. »Kennen Sie den Hass der Nähe?« – »Sie meinen: die Geschichte mit der Ehe. Ich war vierzehn Jahre …« – »Nein, das meine ich nicht«, sagte ich. »Es ist etwas andres. Passen Sie auf:

Der Rennreiter steht an den Tribünen, das Pferd ist abgesattelt, er hat gewonnen, ist sauber gebadet und schön massiert, er ist guter Laune. Bei ihm steht sein Freund, der Bücherschreiber. Dem will er ein gesellschaftlich passendes Wort sagen. ›Habe gestern das neue Buch von Agnes Günther gelesen‹, sagt er, ›ein sehr schönes Buch!‹ Aber da kommt er an den Rechten. ›Was!‹ sagt der bücherschreibende Freund, ›ein schönes Buch? Die Günther und ein schönes Buch? Na, hören Sie mal … das ist der hundsgemeinste Kitsch, der mir jemals …‹ Der Rennreiter ist ganz erschrocken. Was ist das? Er hat doch nur eine belanglose Phrase sagen wollen, irgendetwas Verbindlich-Unterhaltsames – ihm ist das Buch in Wirklichkeit völlig gleichgültig … Und der andre schäumt. Er zitiert Agnes Günther und Erika Händel-Manzonetti und Waldemarine Bonsels, und was Sie wollen! Und schäumt und geifert und tobt und ist ganz befangen in seinem Kram …«

Ein älterer, bebarteter Geist huschte vorüber, murmelte etwas von »überwertiger Idee«, bekam einen Meteorstein ins Kreuz und verschwand. Ich fuhr fort:

»Und umgekehrt ist es genau so. Der Literat besichtigt die Maschine des Ingenieurs, wird in der Fabrik herumgeführt … Und sagt: ›Hübsche Maschine das –!‹ Der Ingenieur lächelt, zunächst nachsichtig. ›Das ist eine belanglose Sache, lieber Freund!‹, antwortet er.

›Um Ihnen die Wahrheit zu sagen: der größte Dreck des Jahrhunderts. Unpraktisch, total verbogen, unmöglich.‹ Und dann schnurrt er Zahlenreihen ab, dass dem Besucher ganz himmelangst wird, er beschimpft seine Konkurrenten und lobt versteckt sich, preist Amerika und spielt das russische Spiel: Naplewatj na wsju Ewropu! Spuck auf ganz Europa … Und der Literat steht da, verdutzt, vor den Kopf gehauen und kann sich diesen Eifer gar nicht erklären …«

»Ja«, sagte er. »Das kenne ich.« – »Woher kommt es –?«, sagte ich.

»Niemand kann sich einen Passanten vorstellen«, sagte er. »Alle glauben, man kenne die Hintergründe, wisse, wie es gemacht wird, sehe die Sache auch von hinten an, gewissermaßen. Aber dem Vorübergehenden ist das ja alles so völlig gleichgültig, so ganz und gar gleichgültig. Er will nichts als die Resultate. Er geht eben so vorbei, pickt sich hier ein Körnchen und da, etwas Wissen, Unterhaltung, Anschauung – mögen die sich da die Knochen zusammenschlagen! Und wie sie schlagen! Sie packen ihren ganzen Hauskram aus, sie erzählen Einzelheiten, berichten, wie es zustande

31

gekommen ist, und wie es hätte werden müssen ... Sie sind nicht zu halten. Wie sie sich hassen, die Nahen –!«

»Sind Sie mal in einen fremden Familienzank hineingeraten?«, sagte ich. Er horchte auf. »Die heißen Köpfe, die roten Gesichter, der Eifer, dieser Übereifer, diese für den Fremden ganz unverständliche Kraft des Hasses, der Abneigung ... Welch ein Aufwand! Welch tönendes Geschrei!«

»Nah sind sie sich«, sagte er, »Sie rächen sich für die Nähe – sind sich verwandt, gruppenweise, alle miteinander. Sie hassen sich im Nebenmann, drum herum liegt die ganze große Welt, sie sehen sie nicht – sie können sie nicht sehen. Es sind Generale fürs Spezielle. Man möchte sie herausheben und zur Abkühlung etwas hochhalten. Wer, ich bitte Sie, wer sieht über weite Strecken, wer sieht die Welt, wer sieht alles –?«

In der Ferne zuckte eine Lichtschneide auf, es murrte schwach, wir sagten nichts mehr.

»WIE VIEL UHR …« – aber schon sank die Hand schlaff herunter, »Ach so –«, sagte er. Ich lächelte doch. Als ich den Ausdruck seiner Augen bemerkte, stellte ich die Lachfalten wieder gerade. »Keine Zeit«, flüsterte er. »Sich daran zu gewöhnen, dass es keine Zeit mehr gibt. Ja, die guten Aprioristiker …« Ich bog ab. »Haben Sie sich da unten die Zeit auch geometrisch vorgestellt?«, sagte ich. »Nein, wie …«, sagte er. »Als lebe man im Raum vorwärts«, sagte ich. »Als könne man im Raum der Zeit auf- und abrutschen, vorwärts und rückwärts, mit allen Spielen im Raum: wer da hinten auftaucht, ist noch klein, er kommt auf uns zu, wird immer größer, dann nimmt seine Gestalt ab, verschwindet, wissen Sie?« – »Das kenne ich nicht«, sagte er. »Nicht?«, sagte ich. »Es ist so:

Das kleine Haus, in dem ich einmal gewohnt habe, steht unbeweglich. Nun setzt es sich in Bewegung;

nachts, wenn wir nicht einschlafen können, hört man, was es macht. Es fährt durch die Zeit. Vorn, am Bug, schäumt das Zeitwasser hoch auf, mit solcher Geschwindigkeit geht es vorwärts, es zerteilt die Zeit, sie gleitet rechts und links am Haus vorbei, da rauscht sie auf, überall, und wir liegen in der kleinen Bettschublade und werden davongetragen, wehrlos, machtlos, weiter und immer weiter. Manchmal streckt sich eine Hand aus solch einem Bett, sie hängt lass herunter und bewegt sich – zurück? Da gibt es kein Zurück. Manchmal schaudert der Schlafende vor dem, was nun kommt – aber sie fahren mit ihm. Ahnungen helfen nicht. Morgens früh, wenn du aufwachst, hält das Haus schon anderswo.«

»Ja – etwas Ähnliches habe ich doch wohl schon empfunden«, sagte er. »Man ist übrigens nicht sehr glücklich dabei.«

»Nein«, sagte ich. »Man ist nicht sehr glücklich dabei. Zum Schluss bleibt die etwas trübe Empfindung von einer Masse Eindrücke; es wäre ein herzhafter Spaß, wenn man den Zeitraffer anbringen könnte und das ganze Leben, das man zu führen verurteilt ist, donnerte mit einem Male herunter. Aber das war nicht zu machen.«

»Haben Sie sich sehr gesehnt, zu … hierher zu kommen?«, sagte er.

»Oft«, sagte ich. »Hunger habe ich alle meine Lebta-

ge gehabt. Hunger nach Geld, dann: Hunger nach Frauen, dann, als das vorbei war: Hunger nach Stille. Oh, solchen Hunger nach Ruhe. Mehr: Hunger nach Vollendung. Nicht mehr müssen – nicht mehr durch die Zeit fahren müssen –.«

»Man geht spurlos dahin –«, sagte er, »Nein«, sagte ich. »Man geht nicht spurlos dahin. Ach, denken Sie nicht an Denkmäler – das ist ja lächerlich. Und ich weiß schon, was Sie jetzt sagen wollen: unsterbliche Werke. Ich bitte Sie … Nein, etwas anderes. Ich habe

35

etwas dort gelassen, ja, ich habe etwas dort gelassen.« – »Was?«, sagte er, ein wenig ironisch.

»Ich habe den Dingen etwas gelassen«, sagte ich. »Seit jenem Tage, wo ich den greisen Klavierspieler in Paris wiedersah, den mein Vater zwanzig Jahre vorher in Köln gesehen hatte. Er spielte noch dieselben Stücke, der Wandervirtuose – noch genau dieselben. Und da war mir, als grüßte durch ihn mein toter Vater. Auch ich habe den Dingen etwas gesagt. Ich habe an vieles, was längere Dauer hat als ich und Sie, Grüße befestigt. Ich habe hier einen Gruß angeheftet und da einen Kranz, hier einen Fluch und da ein abwehrendes Schweigen … und als ich das tat, da merkte ich, dass die Dinge schon voll waren von solchen Grüßen Verstorbener. Fast alle hatten sich an die Materie gehalten, hatten Spuren hinterlassen; wenn man vorüberstrich, bat, flehte, beschwor, fluchte und segnete es von diesen Sachen herunter, die die Menschen tot nennen. Ich bin nicht spurlos dahingegangen. Nur –«

»Nur –?«, sagte er.

»Nur –«, sagte ich, »Die Menschen sind Analphabeten. Sie können es nicht lesen.«

Er sah mich an und tastete an die Stelle, wo einmal seine Uhr gesteckt hatte. »Kommen Sie!«, sagte er. »Wir wollen zum Nachmittagskaffee.«

WIR SASSEN AUF DER GOLDENEN ABENDWOLKE UND LIESSEN DIE BEINE BAUMELN – er ruckelte ungeduldig hin und her, weil sich die Wolke nicht abkühlen wollte, man fühlte sich sanft geröstet. »Noch ein kleines«, tröstete ich ihn. »Gleich wird sie fahl und grau, dann sitzen wir angenehmer. Wir wollen nicht wegschwimmen.« Da blieb er. Als es kühler wurde, sagte er: »Sie müssen doch eigentlich ein schönes Dasein gehabt haben, damals. Wenn ich so denke, wie agil Sie sind, wie flink, wie anpassungsfähig …« Ich sah ihn von der Seite an und wickelte mich fester in das Gewölk, »Ich?«, sagte ich. »Ich …«

»Wenn man Sie sprechen hört«, sagte er, »hat man den Eindruck, als seien Sie mit den Mitbrüdern fertig geworden, nicht immer siegreich, aber immerhin. Ich meine das nicht böse. Sie sagen gar nichts. Warum lachen Sie –?«

»Es ist ja jetzt alles vorbei«, sagte ich. »Es war
so:

Am Anfang ging
es an. Mit dem
Elan der Potenz
ritt ich über viele Bodenseen, ich hatte keine Schwie-
rigkeiten zu überwinden, weil ich sie gar nicht sah.
Nachher, als das nachließ, zog der Schimmel doch
langsamer, und ich hatte Muße, mir ein bisschen die
Landschaft anzusehen, durch die wir fuhren.«

Er hatte ein Stück Wolke auseinandergezogen und
malte mit ihr ein Gesicht an den Himmel, einen aus-
druckslosen Pausback. Dann wischte er ihn wieder
weg. »Und was sahen Sie?«, sagte er.

»Was ich sah?«, sagte ich. »Ich sah – aber ich verstand nicht. Ich verstand immer weniger. Wissen Sie,
dass es eine bestimmte Sorte Geisteskranker gibt, die
Furcht hat vor allem, und die ratlos ist. Sie frösteln
ständig, ziehen sich zusammen, wenn sie mit der Welt
in Berührung kommen, immer enger, dann sterben
sie; sie sind ins Negative hinübergekippt. Jahrelang,
besonders in der Mitte meines Lebens, hatte ich das
Gefühl, ausgestoßen zu sein, als Kind unter Erwachse-
nen zu leben, Verhandlungen der Großen beizuwoh-
nen, deren Sinn mir ewig verborgen bleiben würde.
Sie sprachen miteinander – und ich hörte verständnis-

los zu. Sie fochten Ehrgeizschlachten aus – ich stand daneben und machte runde Augen. Sie schlossen Geschäfte ab – ich hatte gewissermaßen den Eindruck, zu stören. Und das allerschlimmste war: Alle verstanden sich, sprachen ihre Sprache, sie hatten sofort die Ellbogenfühlung, sie waren verwandt. Ich stand da, allein, auf einem weiten Hof mit meiner Kappe in der Hand, und ich drehte sie, wie es die Schauspieler machen, wenn sie Verlegenheit ausdrücken ... Mittags saß ich mit ihnen zusammen, sie schwatzten, ich schwatzte auch – aber mir fehlte irgendetwas, ein Code-Schlüssel, eine Auflösung, ich wusste nicht ... und abends ging ich traurig nach Hause.«

Jetzt bröselte er langsam die Wolke auf, die immer kleiner wurde. Wir hatten kaum noch Platz zum Sitzen. »Aber da waren doch noch andre«, sagte er. »Auch: Einsame. Auch: Enttäuschte. Auch: Weltfurchtsame. Weshalb gingen Sie nicht zu diesen –?«

»Um einen Klub der Einsamen zu gründen?«, sagte ich. »Ich verachtete sie maßlos, ich hasste sie nahezu. Ich fand sie lebensschwach, anspruchsvoll, uninteressant verrückt. Ihnen gegenüber mimte ich das Leben, das pralle Leben. Außerdem kochten sie eine andre Art Melancholie, und so verstanden wir uns nicht. Blieben sie allein, waren sie mir widerwärtig. Fanden sie den Anschluss, dann fühlte ich mich erhaben über so viel gemeinen irdischen Sinn.«

»Also was blieb Ihnen zum Schluss?«, sagte er, ein klein wenig spitzer, als mir lieb war. Ich konnte ihm nicht mehr antworten, denn nun hatte er glücklich die ganze Wolke aufgebröselt, wir rutschten ab und fielen, fielen –

DAS MITTLERE FELD WAR GESPERRT, weil ein Meteorregen niedergehen sollte – obgleich uns der gar nichts antun konnte, hatte der alte Herr mit vertatterten Händen die Sperrung angeordnet. Wir krochen vier Zeitlosigkeiten hindurch am Rande des Feldes entlang, dann setzten wir uns, um den Regen mitanzusehen, wenn er zu regnen anhübe. Mir passte die Absperrung nicht, und ich fluchte leise vor mich hin.

»Haben Sie einmal einen Märtyrer gesehen?«, sagte er. Mir blieb ein ellenlanger und herrlicher Fluch, den mich einst ein Matrose in Dänemark gelehrt hatte, im Halse stecken. »Einen Märtyrer?«, sagte ich. »Einen, der seine unbefriedigte Eitelkeit hinter eine Sache steckt und nun plötzlich dasteht, lichtumflossen – ja, ich kenne das.« – »Wenn Sie das kennen«, sagte er, »dann wissen Sie auch, was man mit so einem macht?« – »Sie … man gibt ihm wenig zu essen, die

Kinder auf der Straße und die Professoren rufen hinter ihm her, er sei unfruchtbar und hätte keinen Kontakt mit der Wirklichkeit.« – »Das auch«, sagte er. »Aber ich habe einmal etwas gesehen, lange nach meinem Tode, etwas viel Merkwürdigeres.

Da kriecht in der zweiten Hyperbel ein Ding herum, es ist noch kein rechter Planet, es will erst einer werden. Dort habe ich einmal zur Frühstückszeit geangelt. Und da hatten sie einen Kerl gefangen, der wollte ihnen den ganzen Ball umkrempeln, ein Heiliger, ein Vorwärtsrufer – in die Einzelheiten habe ich mich nicht gemischt, es ging mich ja nichts an. Den hatten sie also beim Kragen, und da haben sie ihn dann beendigt.«

»Nun ja«, sagte ich. »Das kommt vor. Das ist doch nichts Außergewöhnliches. Einer opfert sich auf, weil er muss; er brächte ein Opfer, wenn er 's nicht täte; er horcht, wie es in den andern weint, dann wühlt er sich durch, bis er zu dieser Stimme gelangt, quält sich und wird gequält, und dann kommt er zu uns. Gewiss, ja.«

»Das war es nicht«, sagte er. »Wie sie es taten … Welch ein Hohn! Sie berieten lange, wie es zu tun wäre. Nun muss da eine Infektion stattgefunden haben – einer schlug vor, ihn zu kreuzigen.« Ich sah jetzt aufmerksam auf das Meteorfeld – es war nicht grade neu, dass einer gekreuzigt werden sollte. Er fuhr ruhig fort.

»Sie führten ihn also zur Kreuzigung hinaus, vor die große Stadt, auf ein Feld. Der Zug näherte sich dem Hinrichtungsplatz – der Heiland, ein gedrungener, dunkler Mann, sah sich ungeängstigt, aber erschreckt um. Da war kein Kreuz.« Ich sah auf. »Was heißt das: da war kein Kreuz?«, sagte ich.

»Da war kein Kreuz«, sagte er. »Eine lange, hohe Stange stand da, wo das Kreuz zu stehen hatte. Und der Anführer der Rotte trat vor und sagte zum dortigen Heiland: ›Du bist nicht einmal wert, dass man dich kreuzigt. Du bist nicht einmal ein Kreuz wert. Zwei Balken sind zu viel für dich, du Beglücker. Hier ist eine Stange, die genügt.‹ Und dann kreuzigten sie ihn.«

»Sie konnten ihn doch gar nicht kreuzigen«, sagte ich. »Sie hatten kein Kreuz.«

»Sie nagelten ihn an die Stange«, sagte er. »Sie war breit genug … Sie nagelten ihn so: den einen Arm, den linken, senkrecht hoch erhoben, am linken Ohr

43

vorbei, und den rechten glatt herunterhängend, an der rechten Hüfte. Da hing er, ein blutender Strich. Er schrie nicht.«

»Das – Sie haben das selbst gesehen?«, sagte ich.

»Ich habe das gesehen«, sagte er. »Wie ein Finger ragte er in den Himmel. Er lebte achtzehn Stunden, davon nur eine halbe ohne Bewusstsein. Es war ein Christus ohne Kreuz. Er sah so unbedingt aus – kein Querbalken strich wieder durch, was das lange Holz einmal ausgesagt hatte. Es starrte nach oben wie ein schneidendes Ausrufungszeichen, den Blitz herausfordernd. Aber es kam kein Blitz. Und ich sage Ihnen: die Leute haben recht getan. Wie viel Holz braucht der Mensch? Zwei Balken? Einer genügt. Sie sind ihren Weg zu Ende gegangen, wie der seinen zu Ende gegangen ist. Man soll bis ans Ende gehen. Die himmlische Güte …«

»Der Meteorregen –!«, rief ich. Wir sahen angestrengt zum angekündigten Ereignis hinüber; es verlief matt und etwas eindruckslos, wie alles, wovon Er sich so viel verspricht.

ER IST FORT. Ich kann das noch gar nicht glauben.

Die ganze letzte Zeit hatte er schon immer so schwermütig gesprochen, hatte dunkle Andeutungen von sich gegeben, vom »männlichen Glück, vorhanden zu sein«, von einer »schönen Sinnlosigkeit der Existenz« und andre beunruhigende Sätze. Ich hatte dem keine Bedeutung beigelegt. Jeder hat schließlich seinen eigenen Cafard. Und auf einmal war er fort.

Am Morgen, als die Zentral-Sonne mit majestätischem Rollen durch den Raum gewitterte, war er zu mir gekommen, schleichender, merkwürdiger denn je. Er hatte geschluckt. »Wir … wir werden uns vielleicht …« Dann hatte er sich abgewandt. Mir ahnte nichts Gutes. Nachmittags war er weg.

Ich fand ihn nicht. Beim Alpha war er nicht, beim Silbergreis nicht, auf seinem Angelplaneten nicht, nirgends, nirgends. Ich ging zum O, mir blieb gar nichts andres übrig. Ich hasse das O, es ist gelehrt, kalt, klug, scheußlich. Das O lächelte unmerklich, bastelte an seinen Apparaten, sah mich an, ließ mich heran …

Pfui Teufel. Ah, pfui Teufel.

Das O hatte den Zeitraffer gestellt, die alten Strahlen noch einmal zurückgeholt, ein fauler Witz, den es sich da macht. Und ich sah.

Den dicken gerundeten Bauch der Mama; es war, als hätte sie sich zum Spaß ein Kissen vorgebunden. Sie ging langsam, vorgestreckten Leibes. Und dann sah ich ihn, oder doch das Ding, in das er gefahren war.

Er lag auf einem Anrichtetischchen und wurde grade gepudert. Er zappelte mit den kleinen Beinchen und bewegte sich, blaurot vor Schreien. Sein Papa stand leicht geniert daneben und machte ein dummes Gesicht. Die Kindswärterin hantierte mit ihm eilfertig und gewohnheitsmäßig, in routinierter, gespielter Zärtlichkeit. Ich sah alle Einzelheiten, seine unverhältnismäßig großen Nasenlöcher, den Badeschwamm …

Zwei Städte weiter saß ein kleines Mädchen auf dem Fußboden und warf Stoffpuppen gegeneinander, das war seine spätere Frau; ein rothaariger Bengel schaukelte unter alten Bäumen: das war sein bester Freund; in einer Hundehütte jaulte ein Köter, der Großvater dessen, der ihn einst beißen würde; ein

46

Haustor glänzte: die Stätte seiner größten Niederlage. Er wusste von alledem nichts, brüllte und war sehr glücklich. Neben mir kicherte leise das O.

Da liegt er im Leben. Er fängt wieder von vorn an. Er will auf eine Reitschule gehen und sich die Beine brechen; er will den Erfolg schmecken, den in Geschäften und den in der Fortpflanzung; er wird den Kopf in die Hände stützen, oben, in einem vierten Stock, und über die Stadt mit den vielen schwarzen Schornsteinen sehen, auch in den Himmel ... Dabei wird ihm etwas einfallen, eine Art Erinnerung, aber er wird nicht wissen, woran. Er wird seine Jugend verraten und das Alter ehren. Er wird Gallensteine haben und Sodbrennen, eine Geliebte und ein Konversationslexikon. Alles, alles noch einmal von vorn.

Und ich werde mich hier oben zu Tode langweilen, wenn das möglich wäre – ich werde mir einen neuen Freund suchen müssen, mit dem ich auf den Wolken sitzen und mit den Beinen baumeln kann ... Eine homöopathische Dosis von Neid ist in meinem Seelenragout zu schmecken, nicht eben viel, nur so, als sei jemand mit einer Neidbüchse vorbeigegangen ... Was hat ihn nur gezogen? Was zieht sie nur alle, die wieder herunter müssen ins Dasein –? Schmerz? Hunger? Sehnsucht? Und vielleicht gerade die Sinnlosigkeit, der Satz vom unzureichenden Grunde, die Unvollkommenheit, die kleinen Hügelchen, die es zu überwinden gibt und die man nachher so reizend leicht herunterfahren kann? Aber er kennt das doch alles, er kennt es doch, wir haben es uns oft genug erzählt … Und wie hat er sich darüber lustig gemacht!

Eidbruch. Fahnenflucht. Verrat! Ich komme mir schrecklich überlegen vor, ein Philosoph. Ich habe recht. Er hat unrecht.

Aber er lebt. Er atmet, mit jenem Minimum an Erkenntnis, das das Atmen erst möglich macht; er ersetzt beständig seine Zellen, schon morgen ist er nicht mehr derselbe wie gestern, und heute ist er glücklich, weil er nichts mehr von alledem weiß, was er hier gewusst hat; er verschwimmt nicht mehr im All, er ist ein einziges Ding, Grenzen sind die Merkmale seines Wesens, und gäbe es außer ihm keine andern, er wäre nicht. Seine Mutter liebt ihn, weil er ist; sein Vater wird ihn später einmal lieben, weil er so ist und nicht anders. Manchmal ist er glücklich, unglücklich sein zu können.

Er ist fort. Und ich bin ganz allein.

ER SCHÄMTE SICH ÜBER DIE MASSEN, als er wieder da war. »Sie sind lange fort gewesen –«, sagte ich. »Wir wollen doch die Sache beim Namen nennen«, sagte er. »Ich habe Sie plötzlich allein gelassen; so, wie es da unten welche gibt, die aus dem Leben scheiden, aus Sehnsucht nach dem Tode – so habe ich das Umgekehrte getan. Nun –« Ich schwieg. Dann:

»Es hat Ihnen gefallen?«, sagte ich harmlos. Er sah mich aufmerksam an. »Ironie verkaufe ich allein«, sagte er. »Aber ich kann es ja ruhig sagen: Nein – es hat mir nicht gefallen.« – »Und warum nicht?«, sagte ich. »Weil –«, sagte er. »Ich will Ihnen etwas erzählen:

Oft habe ich Ihnen hier oben nicht geglaubt; Sie haben so niederdrückende Sachen über die da gesagt – Sie sind ein Dyskolos.« Ich nickte freundlich. Namen treffen nie, besonders nicht, wenn man selbst gemeint ist. »Ein Dyskolos«, sagte er. »Sie essen die Trübsalsuppe mit großen Löffeln – Ihnen ist nicht wohl, wenn Ihnen wohl ist – Sie müssen so eine Art bösen Gewissens haben, wenn's Ihnen gut geht. Es hat mir übrigens wirklich nicht gefallen.« Oben links ging die Erde auf, o du mein holder Abendstern!

»Sehen Sie das?«, sagte er. »Sehen Sie das? Geht es da armselig zu! Welcher Reichtum an Armut! Welcher Überfluss an Nutzlosem! Welch Schema des Eigenartigen! Ich war entsetzt. Dieses Mal bin ich nicht alt geworden.« – »Aber Sie hatten doch Freude, wieder da zu sein …?«, sagte ich vorsichtig.

»Es wird alles in Serien hergestellt«, sagte er. »Ich hatte Freude – eine Minute: die erste. Aber ich hatte vergessen, meine Rückerinnerung bei Ihnen zu lassen – ich wusste alles. Herr, ich wusste alles, was kam. Mein erstes Kinderschuhchen, Elternfreude und Mutterliebe und die kleine Schulmappe … Und die ersten Pubertätspickel und die Gedichte, die junge Liebe und die vernünftige Heirat. Ja. Aber am schlimmsten –« – »Am schlimmsten –?«, sagte ich.

»Am schlimmsten war es später«, sagte er. »Die Abgenutztheit des Originellen – die Tradition der Individualität – die Maschinerie des Außergewöhnlichen: es war nicht zum Aushalten. Ah, ich bin nicht Phileas Fogg, der Exzentriks sucht – ich weiß, dass man nicht mit beiden Beinen auf einer Lampe sitzen kann – aber welche Armut! Welche Dürftigkeit in den Ausdrucksmöglichkeiten, in der Perversität noch, im Leiden selbst. Es ist immer dasselbe – es ist immer dasselbe. Und jeder tut so, als begegne einem das zum ersten Mal, wenn es ihm zum ersten Mal begegnet.«

»Sie sagten vorhin«, sagte ich, »dass Sie so ins Leben hineingerutscht seien, wie manche herausgehen: aus Sehnsucht nach dem Tode. Gibt es das: Sehnsucht nach dem Tode –?« – »Nein«, sagte er. »Nein: nicht Sehnsucht nach dem Tode. Nur: Müdigkeit. Da liegen nun sechsunddreißig Kalender auf dem Tisch, jeder mit Neujahr, Hundstagen und Silvester, und das muss alles noch gelebt werden – welche Aufgabe! Das mag man mitunter nicht. Wirst du ohne Hunger durchkommen? Ohne Syphilis? Ohne Kinderkatastrophen? Nur Blinde sind kräftig – Schwäche macht sehend. Die Chancen sind ungleich verteilt. Ich wusste zu viel. Und sehen Sie: da kleben sie und gehen nicht weg und gehen nicht weg. Was mag sie wohl halten –?« Er sah auf die Erde.

Der kleine blitzende Punkt stand jetzt im Zenit, unter tausend andern, die leuchteten wie er.

Keiner leuchtete wie er.

WIR SASSEN AUF DER WOLKE UND LIESSEN DIE
BEINE BAUMELN.

»Was am schwersten war, dieses Mal?«, sagte er und
blies nachdenklich den Meteorstaub in die Luft, »am
schwersten … Am schwersten war der Knacks.« –
»Welcher Knacks?«, sagte ich. »Der zwischen Jugend
und dem andern, was dann kommt«, sagte er. »Manche nennen es: Mannesalter. Es hätte sollen ein Über-
gang sein, ein harmonisches Gleiten, ich weiß schon.
Bei mir war es ein Knacks.« Der alte Herr probierte einen neuen Meteor aus, der sich emsig bemühte, die
höhere Astronomie gänzlich durcheinanderzubrin-
gen – es war etwas ziemlich Hilfloses. Wir sahen erhaben zu, denn es ging uns so schön gar nichts an.
»Ein Knacks, sagten Sie?«, fing ich wieder an. »Ein
Knacks«, sagte er. »Es war so:

Sie hopsen da herum, alles ist einfach klar – wenigstens scheint es Ihnen so. Was Sie nicht richtig durchschauen können, das umkleiden Sie mit einem herrlichen Nebel von Lyrik, Pubertät, Nichtachtung, Sorglosigkeit, tapsig hingehuschten Wolken; der tote Punkt in Ihrem Blickfeld ist eine Fläche, dahinein geht viel. Alles ist nur Spaß, wissen Sie, das macht die Sache, wenn auch nicht angenehm, so doch sehr erträglich. Alles ist nur Spaß.« – »Und dann –?«, sagte ich. »Und dann –«, sagte er, »und dann ist das eines Tages – nein: nicht eines Tages, eines Tages ist es nicht aus. Viel schlimmer. Erst ist es nur ein leises Unbehagen, die Räder quietschten doch früher nicht? Dann wird Ihnen das Quietschen zur gewohnten Begleitmusik, dann schmeckt dies nicht mehr und dann jenes nicht, und dann fangen Sie auf einmal an, zu sehen.« Jetzt machte der Meteor einen Bogen, der Verfasser versprach sich wohl von diesem Kunststück etwas, das er ›majestätisch‹ genannt wissen wollte. Es war ein rechter Ausverkauf an Majestät.

»Sie sehen –«, sagte er. »Aber es ist doch schön, klar zu sehen –?«, sagte ich. »Sie tun so«, sagte er, »als wären Sie nie unten gewesen. Es ist grauenhaft. Sie sehen: dass es gar nicht so ist, wie Sie bisher geglaubt haben, sondern ganz anders. Sie sehen: dass es wirklich nicht so schön einfach ist, wie es Ihre Bequemlichkeit und Eselei sich zurechtgemacht haben. Sie se-

hen: schräg hinter die Dinge, niemals mehr, das ist besonders aufreizend, jedenfalls sehen Sie nicht mehr glatt von vorn. Und dann die andern –! Bis dahin haben sie Sie noch begleitet, man hat sich ganz gut verstanden, es ging gewissermaßen erträglich und verträglich zu. Nun heiraten die, nun haben sie Kinder, hören Sie: richtige lebende Kinder! die nehmen sie ernst; erst hatte jeder eine Frau, jetzt hat das, was da neu entstanden ist, beide, und auf einmal, eines Tages, bekommen Sie einen freundlichen Rippenstoß von nebenan: ›Nicht wahr, Alter – wir wollen uns doch nichts vormachen, das da: Samtvorhänge, Warmwasserspülung, Behäbigkeit, das ist doch das Wahre, was?‹ Es ist wie ein Donnerschlag. Ihre Ideale bewahren sie sich getrocknet auf, im Herbarium ihrer Gefühle, manchmal, sonntags, sehen sie sich das an. Und lachen darüber, verstehen Sie das? sie lachen darüber. So ziehen sie an Ihnen vorbei.« – »Blieben Sie denn stehen?«, sagte ich.

»Ich blieb stehen«, sagte er. »Ja, ich blieb wohl stehen. Alle kamen an mir vorüber, der ganze Zug mit Ross und Mann und Wagen und allen Reisigen. Zum Schluss die alten Weiber, und dann wackelten da welche, die ich noch als kleine Kinder gekannt hatte: sie hatten den ganzen Nacken voll seriöser Sorgen und waren ehrgeizig und verdammt real. Sie brachten es alle zu etwas, sehr ernsthafte Leute. Beinah hätten sie mir einen Groschen in den Hut geworfen. Ich hatte aber keinen Hut. Und da stand ich, ganz allein.« – »Waren Sie denn kein Mann?«, sagte ich und mühte mich, das sehr neutral zu sagen. »Ein Mann?«, sagte er. »Doch auch, ja. Ich kroch auch später den andern nach, und was früher Ideal geheißen hatte, hieß jetzt einfach: Zuspätkommen. Ein Mann erwachsen … Aber in einer Ecke meines Herzens, wissen Sie, da wo es am hellsten und dunkelsten zugleich ist – da bin ich doch immer ein Junge gewesen.«

Wir schwiegen. Und als ich mich nach ihm drehte, da war er nicht mehr da. Er hatte sich fallen lassen, vermutlich aus Scham, denn so etwas sagt man nicht.

»KOMMEN SIE MIT INS WASSER-SANATORIUM?«,
sagte er. Ich sah ihn an. »Wird hier jemand geheilt?«,
sagte ich. »Jemand … ja«, sagte er. »Sie verstehen nicht
richtig: da wird nicht mit Wasser geheilt. Anders: denken Sie an Kinderkrankenhaus. Wird da mit Kindern
geheilt? – Kinder werden geheilt.« – »Wollen Sie vielleicht sagen, dass hier Wasser geheilt wird?«, sagte ich.
»Krankes Wasser … das habe ich noch nie gehört.« –
»Sie sind nun schon so lange hier«, sagte er, »und kennen sich noch immer nicht aus. Kommen Sie mit.«

Es war hinter dem Wasserplaneten, einer dicken,
gurgelnden und etwas lächerlichen Sache, die da wie
rasend umherwirbelte. An den Rändern zischten die
Spritzer in der Rotationsrichtung, der Himmelskör-
per speichelte sich durch den Raum. Den ließen wir
turbulieren, dann kam der große Salzsee, darüber hinaus war ich noch nie gewesen. Dann kam es.

Weit, äonenweit: Wasser, eine stille Fläche. Sie lag in der Luft wie eine hauchige Scheibe, glasdünn, glasklar, wie mir schien. Ich sagte ihm das. »Es ist nicht klar«, sagte er. »Das ist es eben. Es ist hier zur Erholung, das Wasser. Es ist abgeguckt.« – »Was ist es –?«, sagte ich. »Es ist abgeguckt«, sagte er. »Sie haben da alle hineingesehn – setzen wir uns. Ich werde Ihnen das erklären.« Wir setzten uns an den Rand der Wasserglasplatte. Man konnte die andern Wolken sehn, die unterhalb wimmelten.

»Was tun die, die Muße haben, wenn man ihnen Wasser oder Feuer vorhält?«, sagte er, »Sie sehen hinein«, sagte ich. »Richtig«, sagte er. »Aber ... sie sehen nicht nur hinein. Sie lassen sich hineinfallen. Die Augen werden glasig, das Gehirn arbeitet nicht, es ist ein Halbtraum. ›Das Leben zog in den Flammen an ihr vorüber‹ – das steht in den Büchern. Es zieht gar nichts vorüber. Die da springen aus dem vorüberlaufenden Strom der Zeit ins Wasser, ins Kaminfeuer, wie auf eine kleine Insel; da stehen sie und blicken verwundert um sich. Jetzt strömt das andre, und sie selbst bleiben. Die Nerven lassen nach, alles lässt nach, ist entspannt – die Zügel hängen lässig über die Wagendecke, langsamer laufen die Zeitpferde ... da senken sie sich ins Wasser.« – »In dieses Wasser hier?«, sagte ich. »Eben in dieses«, sagte er. »Sie haben so viel hineingetan, das Wasser ist voll davon, und jetzt ruht es sich

aus. Mein Lieber, wer hat da alles Bröckchen des Lebens hineingeworfen! Bröselchen von Schmerz, Erinnerung, Wehleidigkeit, Faulheit, Tobsucht, zerbissene Wut, heruntergeschlucktes Begehren –! Das strengt an. Das arme Wasser liegt hier und ruht. Es muss wieder sauber werden. Es ist vermenscht.«

»Warum tun sie es?«, sagte ich. »Sie brauchen das«, sagte er. »Wenn die Flammen züngeln, werden sie nachdenklich – bei den Flammen geht es noch besser, sie verbrennen alles, was in sie hineinfällt. Wenn das Meer rauscht, werden sie nachdenklich – sie fühlen plötzlich Halbvergessnes, einer klopft an die Tür, an eine wenig beachtete, kleine Hintertür ... sie öffnen den Spalt – da kommt es herein. Und drängt sie halb aus dem Haus, mit einem Fuß stehn sie draußen; außer sich. Für Augenblicke sind sie Pflanze geworden, sie wachsen dumpf vor sich hin, auch dieses Wachstum ist manchmal angehalten. Dann steht die Zeit still, und die Urmelodie wird hörbar: das Leid. Haben Sie jemals einen gesehn, der froh ins Wasser gesehn hätte, froh ins Feuer –?« Ich sagte, dass ich es nie gesehn hätte. »Also, was ist es –?«, sagte ich. »Was empfinden sie, was bedeutet das?« – »Es ist eine Art Generalprobe«, sagte er. »Es ist ein süßschwacher Tod.«

Wir standen langsam auf und schoben uns von der Wasserplatte fort. Sie lag da, ruhig atmend, und als wir davonschwammen, sah es uns nach: aus hunderttausend Augen.

ER LACHTE NOCH, als wir schon längst wieder allein waren. »Das war wie auf einem Theater!«, sagte ich. »Haben Sie das gesehn?«, sagte er. »Sein Gesicht? Der Ausdruck in den erstaunten Augen? Der ganze verdutzte Kerl? Es war herrlich.« Sie hatten einen Ehemaligen eingeliefert, der frisch angekommen war, einen gut bezahlten Schreiber von da unten, sie nennen es wohl höhern Beamten oder dergleichen. Der hatte sein Lebelang in einem Teich von Wichtigkeit gepatscht, er troff noch davon, als er ankam. Und nun traf er da auf seine alten Freunde, und die klärten ihn ein bisschen auf, wie es denn nun mit ihm in Wirklichkeit da unten bestellt gewesen sei, sie hatten ihm die Wahrheit gesagt, die volle persönliche Wahrheit … »Er hat's erst gar nicht geglaubt!«, sagte er. »Haben Sie das bemerkt? Dann traf es ihn wie ein Starkstrom. Er ist noch ein zweites Mal gestorben, glauben

Sie? Jetzt ist er ganz hin.« – »Es ist nicht sein Fehler«, sagte ich. »Wie?«, sagte er. »Es ist nicht sein Fehler? Natürlich ist es sein Fehler!«

»Es ist nicht sein Fehler«, sagte ich. »Er ist so eingerichtet. Wir waren es auch.« Die Wolke, auf der wir saßen, trieb rasch seitwärts, es war ein unbehagliches Gefühl; wir sprangen auf eine andre, solidere, die leise schwankte. Irgendeine Sonne erhellte sie sanft von unten her. »Ich weiß nicht recht, was Sie meinen«, sagte er. »Ich meine«, sagte ich, »dass er nichts dafür kann. Sehen Sie einmal:

Man sagt immer: wenn Menschen wüssten, was über sie gesprochen wird … Das ist dumm. Was wird denn schon gesprochen? Es wird geklatscht, Verleumdungen werden gesagt, Lügen, Konkurrenzlügen, Eifersuchtslügen, Selbstberuhigungslügen, Neidlügen – das ist nicht sehr interessant, und häufig erfahren es die Besprochnen ja auch. Nein, das ist es nicht. Aber wie über sie gesprochen wird, wie über alle gesprochen wird – das ist es!« – »Und wie wird über alle gesprochen?«, sagte er.

»Jeder Mensch«, sagte ich, »kann nur leben, wenn er sich ernst nimmt. Verzweifeln kann er, leiden kann er, gegen sich wüten kann er – aber Verzweiflung, Leid, Wut muss er ernst nehmen. An seiner Wohnungstür steht: Schulze; Sie, das glaubt er sich! Er glaubt: hier wohnt Schulze, Schulze bin ich – die Sache ist in Ordnung. Sie ist aber nicht in Ordnung. Wenn er wüsste …! Wenn jeder wüsste, wie die andern von ihm sprechen: durch die Nase, achselzuckend, unter der Hand, nach der Melodie: Ach, der –! Haben Sie einmal mitangehört, wie diese Summe von: Geburt, nassen Windeln, sexueller Not, Verliebtheit, Ansätze des kleinen Lebenswerks, das Lebenswerk selbst, und bestände es auch nur im Erringen einer Position beim Magistrat, Wirken und Arbeit, Arbeitsnächte und Erholungstage im Herbst, wie diese unendliche Summe, die jenem das Gefühl seiner ernsten Sicherheit gibt, von andern abgetan wird? Man kann den Namen an der Wohnungstür aussprechen … man braucht nur die Stimme singend etwas fallen zu lassen, so: Schulze …! und der Kurswert des Mannes ist auf Null. Es sind alles Papiere, die noch gar nicht wissen, dass sie unter pari stehen. Da werden zweierlei Notierungen vorgenommen: das Werk notiert sich selber: große Hausse – aber gehandelt wird es ganz anders, ganz anders. Die letzte Selbstachtung ginge in die Binsen, hörten sie es mit an.« – »Aber sie hören es zum Glück nicht mit an …!«, sagte er. Jetzt war das Licht von unten stärker geworden; wir hockten da wie die Weihnachtsengel auf einer Fotochromansichtskarte.

»Nein, sie hören es nicht. Das ist nicht nur ihr Glück«, sagte ich. »Es ist eine der Hauptbedingungen ihres Lebens.

Sie könnten gar nicht leben, hörten sie es. Sie könnten nicht leben, wüssten sie, wie die andern von ihnen sprechen. Sie haben zwar so eine dumpfe Ahnung, als sei das alles Schwindel: das Gummigrinsen der Begrüßung, die teilnahmsvollen Fragen nach Arbeit, Miete, Frau und der werten Gesundheit – aber sie klammern sich ja doch an diesen Korken der Konvention, es ist das schönste Gesellschaftsspiel. Sie nehmen es ein wie Medizin. Hörten sie –! Wüssten sie –! Sie gingen zu Tausenden ein, sie müssten eingehen, wer kann so leben, wenn er weiß, wie vergeblich, wie nichtig, wie wenig es ist im Grunde –?« – »Wer?«, sagte er. »Ein ganz Starker.« – »Nein«, sagte ich. »Auch ein ganz Starker braucht die Lüge, grade der. Doch Hass ist Anerkennung, Kampf Hochachtung, Neid Balsam für die Seele. Aber eins kann keiner vertragen, das ist ein kleiner Tod.« – »Was?«, sagte er. »Verachtung –«, sagte ich. »Keiner weiß, wie er verachtet wird, sonst könnte er nicht leben. Er wird verachtet, sonst könnten die andern nicht leben.«

Die Wolke schimmerte nunmehr blutrot, von unten müssen wir schön ausgesehen haben. Es gab aber kein Unten, es war niemand da, der uns auslachen konnte, und so segelten wir froh dahin.

»WAS HABEN WIR GELACHT!«, sagte er. »Wir haben so gelacht!« Er wischte sich ein wasserhelles Sekret aus den Augen, und ich tat desgleichen: denn was er da erzählt hatte, war nicht ohne gewesen. Er sprach sonst wenig von solchen Dingen – aber es waren zwei vorübergeglitten, ineinandergekrampft, mit zugeküssten Lidern, zwei, die aus ihrem Liebeshimmel heruntergefallen waren in die Hölle der Erfüllung. Übrigens wussten sie das nicht. Das hatte ihn auf den Gedanken gebracht, mir die Geschichte eines Ehepaares zu erzählen, das sich nach dem Buch liebte, nach dem vollkommnen Ehebuch, mit einer Art Notenständer am Bett. Wir atmeten tief.

»Sie haben so gelacht –«, sagte ich. »War noch genug Gelächter da –?« Er sah mich verständnislos an. »Ob genug Gelächter – wie meinen Sie das?« – »Sie wissen«, sagte ich, »woher das Gelächter kommt?« – »Aus der Brust!«, sagte er und lachte tief. »Nein«, sagte ich.

»Nicht aus der Brust. Wollen Sie sehen, woher es kommt, das Gelächter?« Er wollte das. Und ich zeigte es ihm.

Es war schon finster, als wir vor dem gigantischen Berg standen. »Was ist das? Wohin führen Sie mich?«, sagte er leise. »Was das ist?«, sagte ich. »Es ist der Berg des Gelächters. Kommen Sie ein Stückchen hinauf – hier hinauf. Hören Sie –!« Wir lauschten.

Kaskaden von Lachen kamen heruntergebraust, Wogen von Gelächter, Kicherbäche, ganze Tonleitern klapperten herab, es schritt auf großen Füßen Treppenstufen herunter, auf uns zu, und wenn es unten ankam, verebbte es in Atemlosigkeit zu kleinen Tönen ... Leise bewegte sich der Boden unter unsern Füßen. Dumpf dröhnend lachten die Bässe, Triller von Frauenlachen stiegen auf und fielen melodisch ab, Koloraturgelächter und silberne Schellen ... Fettes, schadenfrohes Lachen wälzte sich ölig dahin, breit klatschte es an die Ufer; Lachgemecker und fröhliches Gelächter von Kindern, spitze Lachstimmen, die sich überlachten, eine kletterte über die andere, dann fiel alles in sich zusammen. Und wieder stieg oben ein Chor von Gelächtern auf, dumpf überdröhnt von einer dicken, alten, akkompagniert von einer süßen Weibsstimme. Stille. Ein Rinnsal von Lachtränen tropfte an uns vorbei.

»Das ist der Vulkan des Gelächters«, sagte ich. »Sie kannten es nicht? Sie haben mir hier oben so viel gezeigt und kannten

ihn nicht? Er versorgt die da unten mit Lachen, von oben kommt es herunter, aus dem Vulkankrater rollt es heraus, alle Sorten. Alle Gelächter, die gebraucht werden: Sie haben sie gehört? Grinsen und pfeifende Peitschen mit kleinen Knoten in der Schnur, die brennen so schön … dummes Lachen und befreiendes Lachen und Lachbonbons, mit Tränen gefüllt – alles kommt von da oben. Man kann nicht hinauf.«

»Was ist oben?«, sagte er. »Ich habe es mir sagen lassen«, sagte ich. »Ein riesiges, tiefes Loch wie im Ätna, da quillt es heraus.« – »Aber woher kommt es?«, sagte er. »Wer versorgt die Erde mit Gelächter – woher diese Quantität, die Unerschöpflichkeit, die immerwährende Bereitschaft, zu geben und zu geben –?«

»Es gibt ein Ding«, sagte ich, »das hat begriffen, warum Er das geschaffen hat, da unten. Es hat den Witz der Welt begriffen. Seitdem –« – »Seitdem?«, sagte er. »Seitdem lacht das Ding«, sagte ich.

Wir wandten uns ab. Weit unten sahen wir die beiden fallen, ihrer Privathölle zu. »Ein seltsames Geschäft«, sagte ich. Er wollte lachen, setzte plötzlich ab. Im Dunkel glitt eine Tierseele scheu an uns vorüber. »Hat das nie aus dem Lachtränenbach getrunken?«, sagte er. »Tiere lachen nicht«, sagte ich. »Sie sind die Natur selbst, die ist ernst, unerbittlich, vielleicht heiter – aber lachen? Er lässt sie nicht lachen.« – »Und warum nicht –?«, sagte er. »Weil Er Furcht hat«, sagte ich. »Er hat Furcht, man könnte Ihn auslachen. Dabei tut es keiner. Sie gehen an den Berg des Gelächters und lachen zwar aus, aber nur einander. Hören Sie, wie es heruntergluckert!«

Jetzt war der ganze Berg überrieselt mit Gelächter, fallendem und steigendem; erst hatten wir ein wenig mitgelacht, dann lächelten wir nur noch, und nun stimmte es ganz traurig. »Lachen ist eine Konzession des Herrn«, sagte ich. »Sie ist auch danach«, sagte er. Dann glitten wir davon.

WIR SASSEN AUF DER WOLKE UND LIESSEN ET-
WAS BAUMELN, was man als Beine ausgeben konnte – lange.

»Er hat einen neuen Meteorstein gemacht«, sagte er.
»Sie können sich diesen Stolz nicht vorstellen, diese
Schöpferfreude! Diese Gehobenheit! ›So aus dem
Nichts …‹ waren Seine Worte. ›Und jetzt: ein Stein!‹
Als ob es das erste Mal wäre! Wie lange hat Er dieses
Metier nun schon? Können Sie das verstehen?« – »Er
ist naiv«, sagte ich. »Wer etwas schafft, muss daran
glauben. Er schöpft freilich mit der Kelle aus einem
Riesenbottich, nach einiger Zeit fällt das Geschöpfte,
das Geschaffene wieder zurück … Aber Er hat Freude
an Sachen. Ich begreife diese Freude schon. Haben Sie
sie nie empfunden?« Er horchte angestrengt von mir
fort: offenbar auf Ätherwellen, deren Klang noch nie-

71

mand erlöst hat; pfeifend, wie die Kobolde heulten sie dahin, durchaus bereit, zur ›Neunten Symphonie‹ zu werden, wenn es ihnen einer befahl, unglücklich ob ihrer ungebärdigen Freiheit. Sie verklangen. »Haben Sie niemals Freude an Sachen empfunden?«, sagte ich. Er wandte sich mir zu. »Ich? Nie!«, sagte er. »Doch«, sagte ich. »So:

Alle Männer haben sie an sich, diese Freude. Wenn wir eine Seifenhülse leer gewaschen hatten, waren wir stolz darauf wie auf ein gutes Werk. Diese mit dem Weltall einverstandene Miene, wenn einer die leere Schachtel fortwarf: in Ordnung. Sauber. Gut aufgebraucht. Eine neue. Waren Sie kein Pedant? Die letzte Feder verbraucht, eine Flasche Haarwasser zu Ende gespritzt, ein kleines Pappblatt mit Kragenknöpfen abgelegt – welche Gehobenheit! Es ist etwas geschehn! winzig kraucht eine minime Eitelkeit vom Magen zum Hirn empor: ich war tätig. Das gleiche befriedigende Gefühl, wie wenn in der Schule eine Rechenaufgabe mit Null aufging. Saldo. Bilanz. Fertig. Wir waren uns in diesem Augenblick so einig mit dem All.«

»Ich war ein Pedant«, sagte er. »Das ist wahr. Ich habe die Sachen geliebt, weil sie so schön geduldig waren, so still; wenn man es geschickt anfing, beherrschte man sie vollkommen. Zeitweise regierten sie uneingeschränkt; das war, wenn man nichts andres vorhatte; wenn keine Geldnot war, keine ungeduldige Frau, kein fressender Schmerz, keiner über die Ehe; über die eigne Gefühllosigkeit beim Tode eines Freundes, welchen Ärger man sehr schön als Ergriffenheit ausgeben konnte – wenn alles still war … Aber manchmal –«

»Manchmal –?«, sagte ich. »Manchmal«, sagte er, »hatten wir gar keine Sachen. Vergessen die Krawatten, nicht beachtet die Schuhleisten, unangesehen die Aschbecher, übergangen die Türschwellen – es war nichts mehr da. Da sind wir dann einem Ziele zugestürmt.« – »Wie bitte?«, sagte ich. »Einem Ziele zugestürmt«, sagte er, »Ich bin länger hier oben als Sie – ich weiß, dass wir nicht mehr wollen. Manchmal wollte ich, noch wollen zu können. Sehen Sie, darum liebten wir die Sachen: sie wollten nicht, sie taten nicht mit, stumm ruhten sie am Strom unseres Willens; und vorüberströmte der Fluss der Energien, das Leben brandete an den Ufern der Hosenstrecker, vorbei, wo einsame Kleiderbügel ragten … An ihnen konnte man die Geschwindigkeit des eignen Strudels ermessen. Und sie ließen sich beherrschen –« Nun raste eine

Flottille erkälteter Pfiffe über uns dahin; es ächzte in der Materie, akustischer Urschlamm tobte über uns hinweg, bereit, den nächsten Empfänger zu zertrümmern … »Hören Sie das …«, sagte er. »Ich kann das nicht hören«, sagte ich. »Ohren ordnen – dies müsste man ungeordnet aufsaugen, Menschen sind mit der Ordnung verbundene Wesen. Woher also«, sagte ich, »der Stolz, wenn etwas so Dummes fertig gemacht war wie der Schlussverbrauch einer Seifenschachtel?«

»Weil Männer«, sagte er, »wenn sie etwas taugen, Jungen sind; Schüler sind sie, Musterschüler oder Mittelschüler oder bewusst schlechte Schüler, auf alle Fälle unsagbar eitel auf die gute oder schlechte Leistung. Wenn auf dem Schreibtisch kein Schnitzelchen Papier mehr liegt; wenn alles abgeblasen ist; wenn das Bett in kantiger Weiße strahlt, die Badewanne trocken blitzt, die Lampen sanft brennen –: es gibt keinen Mann, der dann nicht wie der König der Sahara durch sein kleines Reich schritte, Wüstenkönig ist der Löwe – und dieser ist sogar noch stolz auf die Leistung der andern. Wer kann ganz und gar ermessen, wie unsagbar simpel wertvolle Männer sind –!« – »Ich weiß nur«, sagte ich, »wer es nicht weiß. Wer sie für dumm und unschlau hält, für unlistig, also für belächelnswert – wer also auch anders, ganz anders zu den Sachen steht; wer die Sachen wirklich besitzt, eigentumsgierig, oberflächlich, abstrakter, happigabweisend … wer sie hätschelt oder herumstößt, aber nicht liebevoll-väterlich zu ihnen sein kann; wer einseitiger Besitzer ist, nichts kommt von den Sachen zurück – wer die Sachen hat, ohne sie je zu haben.« – »Wer?«, sagte er.

Leise ließ ich mich von der Wolke fallen, sacht glitt ich dahin, durch ungebärdig flackernde Töne, durch Schwingungen, die noch nicht wussten, ob sie Ton oder Licht werden sollten; ich entschwand ihm, ohne zu antworten, vielleicht hätte ihn die Antwort gekränkt, und ich behandelte ihn zart. Zart wie eine Frau.

»KENNEN SIE DAS ENTZÜCKEN AN DER EROTISCHEN HÄSSLICHKEIT?«, fragte der Dritte. Er war plötzlich da, hatte kaum Guten Wolkentag gesagt, er saß mit uns, neben uns, aber die Beine ließ er nicht baumeln, das hätten wir uns auch schön verbeten. Mit den Beinen baumelten nur wir. Wir warfen beide mit einem Ruck die Köpfe herum und starrten ihn an.

»Die Freude an der Hässlichkeit? von Frauen?«, sagte der Dritte noch einmal.

Darüber war hier noch nie gesprochen worden; eine fast asketische Scham hatte uns gehindert, uns über das Allerselbstverständlichste auszusprechen. »Zeig mal, wie ist das bei dir –?«, sagen die Kinder, als sei der andre ein fremder Erdteil.

Warten stand in der Luft; wir mussten etwas sagen; wir konnten nichts sagen. Der Dritte ignorierte eine

Antwort, die nicht gegeben worden war, und fuhr fort:

»In Gerichtsverhandlungen haben sie oft dem fein gebildeten Angeklagten vorgehalten, er habe mit der eignen Reinmachefrau ein Verhältnis gehabt, es hörte sich an wie Vorwurf der Blutschande; habe er sich denn nicht geekelt? mit einem so tiefstehenden Geschöpf? so unter ihm? wie? Sie hatten das wohl nie gespürt, sonst hätten sie nicht so dumm gefragt. Dass plötzlich eine Figur aus der einen Sphäre in die andere gezogen wurde, was Freude am Spiel bedeutet: so, wie wenn einer auf einer Flasche bläst oder mit einem Violinbogen ficht oder – spaßeshalber – Hanfgras raucht. Man kann Hanfgras rauchen, dazu ist es unter anderm auch da, wenn Sie wollen, man tut es nur gemeinhin nicht. Aber auf einmal zuckt in einem das Spiel.«

Wir sahen uns an, mit jenem unausgesprochenen Tadel im Blick, der blitzschnell den andern verrät, die Einheitsfront von zweien gegen den Dritten herstellt, einig, einig, einig. Ich gab ein vorsichtiges Räuspern von mir, wie die Einleitung zu einer Einleitung … Der Dritte ließ es nicht dazu kommen.

»Man fällt so tief«, sagte er, – »oh, so tief. Schlaffe Brüste, graue Wäsche, ein dummes Lachen, meliertes Haar, eine kommune Bemerkung, weit unter allem Möglichen; verbildeter Körper, geweiteter Nabel, glitzernde Augen, die das Glitzern nicht gewohnt sind …

so tief sinkt man. Man wühlt sich in das Unterste hinein, man verachtet sich und ist stolz auf diese Verachtung und böse auf diesen Stolz. Nägel sitzen im Fleisch, die man immer tiefer hereintreibt, wissen Sie. Es ist, wie wenn einer Pfützen aufleckt. Noch tiefer hinab, noch schmieriger, ja, ich gehöre zur Vorhölle, ich kann gar nicht tief genug fallen, da habt ihr mich ganz und gar, streck dem Kosmos die Zunge heraus, so, die breite, gereckte, dicke Zunge –«

Der Dritte schwieg.

Da sprachen wir zum ersten Mal. Ich sagte: »Und nachher?« Auch er, mit dem ich dergleichen nie besprochen hatte, war mit von der Partie. »Armer«, sagte er. »Und nachher?« Der Dritte sah uns voll an, er schaffte es, wir waren gegen ihn nur einer.

»Nachher –«, sagte der Dritte. »Ich bin kein Armer. Ich bin reich – mir konnte nichts geschehen, nachher. Ich ging wieder im Licht, war emporgetaucht, die Scham hatte ich heruntergeschluckt und abgewaschen, sie war nicht mehr da. Ich brauchte nicht zu beichten, jeder meiner Blicke beichtete, aber sie sahen es nicht. Ich fühlte mich sicher, weil ich den moorigen Untergrund kannte, ich strauchelte nicht, ich fiel nicht, ich nicht. Ich war wie eine Bank: das war mein Aktienkapital für die Reserve, damit arbeitet man nicht alle Tage, aber es steht hinter einem, und es ist da. Man kann darauf zurückgreifen, wenn es nottut.

Und es tut manchmal not, und wenn es so weit ist, dann ist da wieder dieser ungeheuerliche Sturz zwischen fünf Minuten vor acht, wo du telefonierst, bis um drei Viertel zehn – du fällst und steigst: mit eingezogenen Schwingen, die Süßigkeit der Säure auskostend, das Licht des Drecks, die tausend Tasten einer Orgel, von der nun die untersten, selten benutzten Bässe anklingen, so dumpf, dass das Ohr sie kaum noch hören kann. Herauf und herunter, herauf und herunter: ein Luzifer und ein Dunkelheitsbringer, ein Adler und ein Wischlappen, ein Höhenflieger und ein Tauchervogel. Man fällt so tief. Womit ich Ihnen einen schönen guten Abend zu wünschen die Ehre habe.« Weg war der Dritte.

Ich sah ihn an … »Man muss sich«, sagte er, »die Zelle weit träumen, in die man eingesperrt wird. Sonst hält man es nicht aus. Wissen Sie, was er uns beschrieben hat?« – »Nein«, sagte ich; »was?«

»Dauerlauf an Ort«, sagte er. »Eine sehr gesunde Übung.«

WIR HATTEN ETWAS NEUES ERFUNDEN: wir fuhr-
werkten Ihm in Sein Wetter, und Er war ganz ver-
zweifelt. Hatte Er südöstlichen Regen mit leichten
Erdbeben angesagt, so zogen wir des Nachts vorher
hin und stellten das Erdbeben ab, und am nächsten
Morgen war große Verwirrung: Er schimpfte auf
das Barometer, und in den Erdbebengebieten san-
ken die Aktien der katholischen Kirche beträchtlich.
Seit Er sich darauf versteift hatte nach dem Kriegsende das Wetter durchgehend schlechter zu machen, nahm unser Unfug kein Ende. Es war eine
schöne Zeit.

Wir hatten Sein Barometer grade so durcheinan-
dergebracht, dass es einem schon leid tun konnte, und
nun ruhten wir uns von getaner Arbeit aus: sanft mit
den Beinen baumelnd und gelöst vergnügt, wie wir es
da unten nie gewesen waren …

»Haben Sie«, sagte er plötzlich, »eigentlich immer alles gesagt –?« – »Ich habe vieles gesagt«, sagte ich, »darunter auch manchmal das, was ich wirklich meinte. Aber immer –?« – »Immer«, sagte er, »und alles, darauf kommt es an. Haben Sie zum Beispiel alles über Ihre Freunde zu Ihren Freunden gesagt, über die, die Sie umgaben, die, die Sie umgaben?« –

»Wie hätte das sein können?«, sagte ich. »Von den engern Freunden will ich gar nicht einmal reden – Freundschaft beruht darauf, dass eben nicht alles gesagt wird, nur so ist Beieinandersein möglich. Das ist nicht Lüge, das ist etwas andres?« – »Aber sonst –« – »Nun, sonst?«, sagte er. »Ich habe nicht alles gesagt!«, sagte ich. »Manchmal bin ich fast daran geplatzt. Aber ich hätte von Bruno sagen müssen, er sei im Grunde ein sattgefressener Versorger, der nur so lange mit unsereinem umgehe, wie er beneiden oder verachten könne, von ihm aber dürfe man nichts wollen, nicht das Kleinste; und von Willi, dass er ein tragischer Schlemihl sei, dessen Unglück darin bestehe, das Unglück durch seine bloße Existenz herbeizulocken, einer jener vielen, die nichts dafür können …; und von Hanno, dass seine Karriere uns dazu verleitet, den Blitz der Götter herabzuflehen, nur, damit jener doch einmal in seinem Leben einen aufs Dach bekäme; und von Oskarchen, dass er Sitten und Gebräuche eines kleinen Provinzlers sein Eigen nenne, und dass der Umgang mit ihm nicht heiter sei; und von Lenchen …« – »Allmächtiger!«, sagte er, »welche Liste –!« – »Rufen Sie Ihn nicht beim Namen!«, sagte ich. »Sie wissen, dass Er es nicht mag.« Wir lauschten. In der riesigen Weltennacht regte sich nichts, unser Streich war geglückt. Er würde morgen große Augen machen … »Welche Liste!«, sagte er. »Und mit denen sind Sie umgegangen? Denn es waren immerhin Ihre nächsten Leute!«

»Ich hatte keine andern«, sagte ich. »Andre hätten mir auch gar nichts genützt. Aber ich habe es ihnen nicht gesagt, das da.« – »Und warum nicht –?«, sagte er. »Weil«, sagte ich, »man so nicht leben kann – mit der Wahrheit in der Hand. Sie vertragen es nicht. Sie leben von der Lüge, von einer eingebildeten Überlegenheit, von dem Glauben, sie würden geachtet, während sie in Wirklichkeit nur benutzt, ausgenutzt, ignoriert und geduldet sind. Sag ihnen, wie du wirklich über sie denkst, wenn ein Brief von ihnen ankommt – und alles ist aus.«

»Und«, sagte er, »haben es Ihnen die andern gesagt, das Wahre –?« Ich sah ihn betroffen an. »Nein«, sagte ich. »Doch – ich glaube – ja. Ich denke … ja. Wie?« – »Und«, sagte er, »woraus leiten Sie Ihre Überlegenheit her, die Legitimation, so herablassend auf alle andern zu sehen, so vernichtend zu urteilen, die witzige Scheidung: Ich und die andern zu machen – woraus leiten Sie es her –?«

»Daraus, dass ich lebte«, sagte ich. Nun sprach er nicht mehr, und wir warteten auf den jungen Morgen.

Zu dieser Ausgabe

Die Texte wurden abgedruckt nach der Ausgabe:

Kurt Tucholsky: Gesammelte Werke in 10 Bänden. Hrsg. von Mary Gerold-Tucholsky und Fritz J. Raddatz. Bd. 10. 1932. Reinbek bei Hamburg: Rowohlt, 1975. S. 117–146.

Der Erstdruck der Texte in der Zeitschrift *Die Weltbühne* geschah in nachstehender Reihenfolge:

Wir schaukelten uns auf den Wellen: 7. Juli 1925 (Ausg. 27)
Wir saßen auf der Wolke und ließen die Beine baumeln: 25. August 1925 (Ausg. 34)
Wir standen in der Luft: 15. September 1925 (Ausg. 37)
Haben Sie schwimmen gelernt: 29. September 1925 (Ausg. 39)
Er ist ein Pedant: 20. Oktober 1925 (Ausg. 42)
Warum haben Sie gelacht –?: 17. November 1925 (Ausg. 46)
Er pfiff: 8. Dezember 1925 (Ausg. 49)
»Wir sprechen immer von da unten!«: 22. Dezember 1925 (Ausg. 51)
»Wieviel Uhr …«: 19. Januar 1926 (Ausg. 3)

Wir saßen auf der goldenen Abendwolke und
ließen die Beine baumeln: 2. Februar 1926 (Ausg. 5)
Das mittlere Feld war gesperrt: 26. Februar 1926
(Ausg. 8)
Er ist fort: 13. April 1926 (Ausg. 15)
Er schämte sich über die Maßen: 23. November 1926
(Ausg. 47)
Wir saßen auf der Wolke und ließen die Beine
baumeln: 7. Dezember 1926 (Ausg. 49)
»Kommen Sie mit ins Wasser-Sanatorium?«:
28. Dezember 1926 (Ausg. 52)
Er lachte noch: 18. Januar 1927 (Ausg. 3)
»Was haben wir gelacht!«: 20. Februar 1927
(Ausg. 8)
Wir saßen auf der Wolke und ließen etwas
baumeln: 3. Januar 1928 (Ausg. 1)
»Kennen Sie das Entzücken an der erotischen
Hässlichkeit?«: 15. Mai 1928 (Ausg. 20)
Wir hatten etwas Neues erfunden: 19. Juni 1928
(Ausg. 25)

Orthographie und Interpunktion wurden behutsam
dem heutigen Sprachgebrauch angeglichen.

Nachwort

»… ich sitze still und lasse mich bescheinen und ruh von meinem Vaterlande aus.« – Der hier ausruht, sitzt nicht auf einer Wolke und baumelt mit den Beinen, sondern verweilt, ganz diesseitig, auf einer Parkbank in Paris. Dort erhofft er sich Abstand, Auszeit, Selbstreflexion, Neuorientierung, träumt von einem anderen Leben als jenem in Berlin, das er vor wenigen Wochen, im April 1924, hinter sich gelassen hat. *Parc Monceau* heißt das Gedicht, aus dem die zitierten Zeilen stammen, und es erscheint am 15. Mai 1924 in der Berliner Zeitschrift *Die Weltbühne*. Ein gutes Jahr später werden in dem gleichen Blatt die ersten *Nachher*-Gespräche zu lesen sein. Geschrieben von Kaspar Hauser – ein Pseudonym, hinter dem sich der wohl facettenreichste Autor des späten Kaiserreichs und der Weimarer Republik verbirgt: Kurt Tucholsky (1890–1935). Bis 1928 wird er insgesamt zwanzig dieser Texte in seinem Stammblatt veröffentlichen.

Der Autor imaginiert sich in diesen Dialogen in eine Ferne, gegen die das benachbarte Ausland ein Katzensprung ist, schafft literarisch eine nicht zu überbietende Distanz. Im Jenseits, ob auf einer Wolke sitzend oder auf kosmischen Wellen schaukelnd, unterhält sich ein Ich-Erzähler mit seinem Alter Ego und denkt über das Erdenleben nach. Und weil der Abstand zu den Beziehungs-, Arbeits- und Sinnkrisen größer nicht sein könnte, die Distanz zum verwickelten Klein-Klein des Alltags, seinen Fallstricken und Kompromissen unendlich ist, so werden hier in einem geradezu metaphysischen Duktus die ganz großen, existentiellen Themen angeschlagen: Lüge und Wahrheit; Liebe und Sehnsucht; das Alter; die Identität und Rolle des Mannes; das Streben nach Einzigartigkeit, oder anders gesagt: die »Abgenutztheit des Originellen« (S. 50); die Frage nach dem Warum und Sinnfragen aller Art; die vielfältigen Maskierungen im Sozialen, die sich etwa schon im »Gummigrinsen der Begrüßung« (S. 66) zeigen; die Einsamkeit und Fremdheit unter den Menschen.

Vielleicht war es die selbst gewählte Fremdheit in Paris, die Distanz zum Gewohnten, die Tucholsky den Anstoß gab, erzählerisch das zu entfalten, was ihn schon lange umtrieb. Seit Jahren plagten ihn Selbstzweifel und Depressionen. Als einer der erfolgreichsten Journalisten der Weimarer Republik belieferte er Berliner Zeitungen und Zeitschriften mit politischen Artikeln, Rezensionen, Prosastücken und Gedichten, verfasste Chansons und Couplets für diverse Cabarets. Und doch empfand er seine Arbeit als wirkungslos, fühlte sich leer geschrieben. Humor und kämpferische Energie waren einer umfassenden Resignation gewichen.

Bereits seit 1922 hatten sich in seinen Briefen Klagen über Enge und Borniertheit, über das unüberwindlich reaktionäre, republikfeindliche Klima in Deutschland gehäuft, war sein Widerwillen gegen Journalismus und Schriftstellerei nach und nach gestiegen. So heißt es etwa in dem Gedicht *Bürgerliches Zeitalter* in der *Weltbühne* vom 30. März 1922, veröffentlicht unter einem anderen seiner Pseudonyme, dem Namen Theobald Tiger:

Ach, Muse, pack die rote Fahne ein!
Und roll sie säuberlich zusammen.
Die alten Ideale tu darein –
die können Keinen mehr entflammen.
[...]

Chronos, zurück! Mit deinen Horenschwestern!
Der Stil von morgen ist der Stil von gestern.
Adieu, adieu – Geist, Weimar und Idol!
Lebt wohl. Lebt wohl![1]

Ein Jahr später war die schriftstellerische Produktion Tucholskys so gut wie versiegt.

Freilich gab es auch andere Gründe, die Existenz als freier Autor zu überdenken: 1923 steckte Deutschland

1 Kurt Tucholsky, *Gesamtausgabe. Texte und Briefe*, hrsg. von Antje Bonitz, Dirk Grathoff, Michael Hepp und Gerhard Kraiker, 22 Bde., Reinbek bei Hamburg: 1996ff. Bd. 5, S. 308. [GA]

inmitten einer geradezu explodierenden Inflation. Geld war in rauen Mengen vorhanden, aber nichts mehr wert. Auch ein gut bezahlter Schriftsteller bekam dies zu spüren. Und so trat Tucholsky am 1. März 1923 in das Bankhaus Bett, Simon & Co. ein. Zunächst Volontär, avancierte er schon bald zum persönlichen Referenten und Sekretär des Mitinhabers Hugo Simon. Finanziell einigermaßen abgesichert, aber damit keineswegs zufriedener oder gar glücklicher, befand sich der Bankangestellte Tucholsky nach wie vor in einer schweren Lebenskrise, schrieb kaum noch, sah sich als »kleiner, aufgehörter Dichter«.[2]

Auch gutes Zureden und verlockende Honorarangebote vonseiten des Herausgebers der *Weltbühne*, seines Freundes und Mentors Siegfried Jacobsohn, halfen nichts. In seinem am 3. Januar 1924 in der *Weltbühne* erschienenen Artikel *Kleine Reise*, einer bitterbösen Bilanz deutscher Zustände, begründete Tucholsky das Versiegen seiner schriftstellerischen Tätigkeit: »In einem schlecht geheizten Warteraum voll bösartiger Irrer liest man keine lyrischen Gedichte vor. Wenn irgendeiner uns in das Ausland unter richtige Menschen holt, damit wir erst einmal wieder einen klaren Kopf bekommen, Übersicht und Festigkeit, dann will ichs wieder versuchen. Bis dahin bleibt [...] nur Eines: Schweigen.

2 GA 17, 254.

Schweigen. Schweigen.«³ Dass dieser Text einzig und allein an Siegfried Jacobsohn gerichtet war, vermutete Tucholskys Biograph Michael Hepp wohl zu Recht.⁴

Tucholskys Aufbruch nach Paris war eine Art Flucht, geschah aber keineswegs unvorbereitet und ins Blaue hinein. Immerhin war er ausgestattet mit einem großzügigen Verlagsvertrag von Siegfried Jacobsohn, einem fixen Monatshonorar der *Vossischen Zeitung* für die Lieferung von Feuilletons, Glossen und Pariser Impressionen, Nachdruckverträgen mit diversen Blättern und nicht zuletzt mit etlichen Empfehlungsschreiben. In der französischen Hauptstadt fühlte er sich gleich zu Hause. Trunken von der neuen Freiheit, dem »gesteigerten Lebensgefühl«⁵, sog er die Eindrücke der Stadt und der Menschen in sich auf, ließ sich bezaubern und schwärmte: »Es ist ein Märchen.«⁶ In einem Brief an seine zukünftige Ehefrau Mary Gerold heißt es am 15. Mai 1924: »Was mich bis jetzt und hoffentlich auch weiterhin sehr aufrichtet, ist eine Leichtigkeit in der Existenz, die sich schwer erklären läßt. Es ist, als ob die Anziehungskraft der Erde nicht so groß ist, die Ge-

---

3 GA 6, 123.
4 Michael Hepp, *Kurt Tucholsky. Biographische Annäherungen*, Reinbek bei Hamburg 1993, S. 252.
5 GA 17, 315.
6 GA 17, 316.

wichte sind leichter, und der Tag gleitet vorbei – er hackt nicht, er stolpert nicht.«[7]

Doch wie das frische Verliebtsein einem zwar weniger euphorischen, dafür aber tieferen und solideren Gefühl weicht, so beginnt auch Tucholsky nach einiger Zeit, die Stadt seiner Träume differenzierter zu sehen, wenn auch nach wie vor gilt: In Frankreich lässt es sich besser leben. Er treibt sein publizistisches Projekt der deutsch-französischen Annäherung voran, indem er über die französische Politik, das Kulturleben und die Menschen berichtet, um so den in Deutschland herrschenden Klischees über »die Franzosen« entgegenzuwirken. Aus der Ferne fällt auch wieder der Blick auf die deutschen Zustände. Im Vergleich mit Frankreich schneiden sie nun noch schlechter ab als zuvor, Tucholskys Polemik wird schneidender, seine Analysen gnadenloser. Dem Schriftsteller, der noch im Frühjahr so still und froh auf der Bank im Parc Monceau gesessen hat, gelingt es keineswegs, sich von seinem Vaterland auszuruhen – und auch nicht von sich selbst.

Ab Mitte September 1924 lebt Tucholsky nicht mehr allein in Paris. Bei ihm ist seine Frau Mary, die er im Juli des Jahres während eines Aufenthaltes in Berlin geheiratet hatte. Tucholsky und die Baltin Mary Gerold hatten sich im November 1917 im kurländischen – heute

7   GA 17, 342.

lettischen – Alt-Autz (Auce) kennengelernt. Er war Kompanieschreiber, sie dienstverpflichtet in der Kassenverwaltung im Stab der örtlichen Artillerie-Fliegerschule. Die zarte Liebesgeschichte von Kurt und Mary war zu Ende, ehe sie recht begonnen hatte: Eine improvisierte Verlobung im März 1918, Tucholskys Versetzung nach Rumänien einen Monat später, nach Kriegsende Rückkehr ins Berlin der Revolutionswirren – allein. Mary Gerold kehrte Ende 1918 nach Riga zurück. Sehnsüchtige Briefe wechselten hin und her. Tucholsky hielt seine Braut hin, er müsse erst die Grundlage für ein gemeinsames Leben schaffen. Dann, nach zwanzigmonatiger Trennung, traf Mary Gerold Anfang Januar 1920 in Berlin ein, und schon einen Monat später war alles aus. Bereits im Mai 1920 heiratete Tucholsky seine Geliebte aus Vorkriegstagen, Else Weil.

Auch die Ehe mit Else Weil ist nach drei Monaten zerrüttet – sie wird viel später, Anfang 1924, geschieden. Was folgt, ist Tucholskys Wiederannäherung an Mary, seine »Meli«, die nach langem Zögern und inneren Kämpfen im Frühjahr 1923 seiner Werbung endlich nachgibt. Erneut ist das Liebesglück von kurzer Dauer. Mary Gerold kommt gegen die Depression ihres Geliebten nicht an, sie spürt eine unüberwindbare Distanz und befürchtet, ihm zur Last zu fallen. Zu seinem 34. Geburtstag am 9. Januar 1924 wünscht sie ihm »Raum und Zeit und einen Piepmatz an der Wand, und hohe breite Fenster auf einen Park hinaus und ein Land, das Er bejaht, und ein Leben, das lebenswert ist«.[8] Wenige Monate später ist Tucholsky in Paris. Als sie ihn nach der Hochzeit im September dorthin begleitet, nimmt das Beziehungsdrama einer großen und zugleich unerfüllten Liebe zwischen Distanz und Nähe, Traum und Wirklichkeit, Sehnsucht und enttäuschender alltäglicher Gegenwart des jeweils anderen seinen Lauf. Ende 1928, da ist Tucholsky längst mit der Journalistin Lisa Matthias liiert, wird Mary Tucholsky ihren Ehemann endgültig verlassen.

Im Rückblick wird Tucholsky sagen, dass er in den Jahren 1925/26 »unglücklicher, zerrissener, ungeklärter und mehr durcheinander«[9] war als jemals sonst – und in diesem Zustand, aus diesem Gefühl heraus entstehen die ersten *Nachher*-Gespräche. Nicht zufällig wohl hat Tucholsky für die *Nachher*-Serie das Pseudonym Kaspar Hauser gewählt. Den Namen des rätselhaften Findlings, der angeblich seine Kindheit in einem dunklen Raum bei Wasser und Brot verbracht hatte, als Halbwüchsiger unter den Menschen auftauchte und sich nur mühsam verständigen konnte. Tucholsky zeichnete mit diesem Pseudonym, das er weniger nutzte als seine anderen vier, zunächst politische Gedichte, später vor

8 Hepp (Anm. 4), S. 150.
9 Brief an Marierose Fuchs vom 4. Juli 1931, GA 19, 297.

allem Dialoge und Prosatexte. »Nach dem Kriege schlug noch Kaspar Hauser die Augen auf, sah die Welt und verstand sie nicht«[10], so Tucholsky in der Einleitung des 1928 erschienenen Sammelbandes *Mit 5 PS*, in den er auch einen Teil der *Nachher*-Serie aufnimmt.

Die *Nachher*-Prosa ist zweifellos mehr als »verspieltes Feuilleton«, sie fungiert auch als »Mittel der Selbstverständigung«, wie es bei dem Tucholsky-Kenner Fritz J. Raddatz heißt.[11] Aber Tucholsky wäre nicht Tucholsky, wenn sich das Existenzielle nicht immer wieder mit dem Banalen mischte, woraus Komik entsteht. Damit stellt er sich in die literarische Tradition des antiken Satirikers Lukian, dessen *Hetärengespräche* er bewunderte. Auch die Gattung des Totengesprächs, in dem die Probleme der Lebenden satirisch verhandelt werden, verdanken wir Lukian, diesem »frechen Hund« der griechischen Antike, dessen »Spöttermund« Kaspar Hauser sich auszuleihen gedachte.[12] So ist das imaginierte Jenseits so rein und abgeschieden nicht, die Entfernung vom irdischen Dasein mit seinen Kategorien Raum und Zeit allenfalls relativ zu betrachten, wenn es dort beispielsweise so gesellige und alltägliche Orte wie ein

10 GA 9, 655.
11 Fritz J. Raddatz, »Vorwort«, in: Kurt Tucholsky, *Gesammelte Werke in 10 Bänden*, hrsg. von Mary Gerold-Tucholsky und Fritz J. Raddatz, Reinbek bei Hamburg 1989, Bd. 1, S. 23.
12 GA 2, 429 und 865 f.

Herrenbad mit Familienkabinen, ein Kino oder eine Bibliothek gibt oder man sich zum Nachmittagskaffee trifft. Das nimmt den *Nachher*-Gesprächen nicht ihre ernste Dimension, sie werden in ihrer reflexiven Halbdistanz vielmehr komplexer und auch humaner, weil sie genau das in Szene setzen, was das Leben ausmacht: Widersprüche, Paradoxien, Verstrickungen, Kompromisse, Uneindeutigkeiten, Wurstigkeit.

Mit der »Wahrheit in der Hand« könne man nicht leben, die Leute vertrügen es nicht, weil sie von der »Lüge«, von der »eingebildeten Überlegenheit« lebten, so verkündet selbstgewiss das Erzähler-Ich am Schluss des letzten Textes der Serie (S. 83). Er gerät aber sogleich ins Stottern, als sein Gesprächspartner diese Aussage auf ihn selbst anwendet und fragt, ob die anderen ihm jemals die Wahrheit gesagt hätten: »›Nein‹, sagte ich. ›Doch – ich glaube – ja. Ich denke … ja. Wie?‹« Und, so der andere: »[W]oraus leiten Sie Ihre Überlegenheit her, die Legitimation, so herablassend auf alle andern zu sehen, so vernichtend zu urteilen, die witzige Scheidung: Ich und die andern zu machen«? Das Ich gibt die einzig mögliche Antwort: »Daraus, dass ich lebte.«

Wenn das irdische Dasein voller metaphysischer Fragen steckt, dann ist der liebe Gott womöglich ein »Pedant« (S. 17) und das Jenseits ein »Operettenbetrieb« (S. 8).

Ute Maack

95

Inhalt